suhrkamp taschenbuch 2513

Mit zwei Romanen hat der ungarische Schriftsteller und Publizist György Dalos die Leser hierzulande für sich eingenommen: *Die Beschneidung* hieß sein erstes brillantes Bravourstück – *Der Versteckspieler* sein erotisches und ironisches Porträt eines Taugenichts im ungarischen Kommunismus.

In die fünfziger Jahre, in die Kinderzeit vor allem mit der Großmutter und in die ersten Schuljahre gehen György Dalos' Geschichten und Erinnerungsanekdoten zurück, die er jetzt unter dem Titel *Der Rock meiner Großmutter* zusammengestellt hat:

Eine neue Begegnung mit dem geistreichen und geschichtsbewußten Unterhalter György Dalos.

György Dalos, geboren 1943 in Ungarn, lebt in Berlin. Von ihm erschienen u. a.: *Ungarn – vom Roten Stern zur Stephanskrone*, 1991 (es 1687); *Vom Propheten zum Produzenten*. Zum Rollenwandel der Literaten in Ungarn und Osteuropa, 1992; *Proletarier aller Länder, entschuldigt mich*. Das Ende des Ostblockwitzes, 1993; *Die Beschneidung*. Eine Geschichte, 1993 (st 2166); *Der Versteckspieler*. Gesellschaftsroman, 1994.

György Dalos
Der Rock meiner Großmutter

Geschichten

Deutsche Bearbeitungen von
Thomas Brasch, Matthias Fienbork,
Peter-Paul Zahl und Elsbeth Zylla

Suhrkamp

Umschlagfoto: Stephan Erfurt

suhrkamp taschenbuch 2513
Erstausgabe
Erste Auflage 1996

Druck: Nomos Verlagsgesellschaft, Baden-Baden
Printed in Germany
Umschlag nach Entwürfen von
Willy Fleckhaus und Rolf Staudt

1 2 3 4 5 6 – 01 00 99 98 97 96

Der Rock meiner Großmutter

Für Rimma und Anna,
die mir damals
geholfen haben

Mein Vater

Die nicht existierende Dichtung des Andor Ivor

I

Andor Ivor (1906 bis 1945) war mein Vater. Die Tradition gebietet, diese Tatsache mit Befangenheit und Respekt mitzuteilen. Ich möchte damit außerdem meine vorteilhafte literarisch-historische Ausgangssituation betonen. Selten nämlich kommt jemand so nah an ein versunkenes Œuvre heran und kann gleichzeitig sich selbst in gewissem Sinne dem Lebenswerk des Autors zurechnen.

II

Diese Schrift beruht nicht auf lebendiger Erinnerung. Andor Ivor starb im Juli 1945 in einem Budaer Krankenhaus an einer unheilbaren Lungenkrankheit. Damals war ich 22 Monate alt. Ich habe keine unmittelbaren Eindrücke von meinem Vater, und die Familienüberlieferung veredelt bekanntlich die Erinnerung. Deshalb deute ich alle Mitteilungen der Hinterbliebenen mit einer gewissen Zurückhaltung.

III

Zwei dünne Gedichtbände stehen mir zur Verfügung, um festzustellen, wer der Dichter Andor Ivor war, welchen Ideen er mit seinen Talenten diente und in welchem Maße er im Besitz der Ausdrucksmittel und technischen Fähigkeiten war, die uns für große Dichtung so unentbehrlich scheinen. Die Forschungsbasis – wir schrecken vor diesem Terminus nicht zurück, da wir bereits die Sackgasse des Fachjargons betreten haben – hilft uns vielleicht dabei, den Platz Andor Ivors in der zeitgenössischen Poesie zu bestimmen und eindeutig festzustellen, in welcher Weise er die Literatur seines Landes, Mitteleuropas, des Kontinents und der Welt bereichert hat.

IV

Ich beanspruche keine Lorbeeren für meine philologische Kleinarbeit der Wiederentdeckung einer versunkenen Dichterwelt; außerdem bin ich als historischer Fatalist der Meinung, daß das Vergessensein ein natürlicher sozialer Zustand ist, an dem nur die realen Bedürfnisse der Menschen etwas ändern können. Ich glaube kaum, daß sich in nächster Zukunft für die Dichtung des Andor Ivor eine besondere Nachfrage ergeben wird. Ich versuche vielmehr zu beweisen, daß diese Dichtung gar nicht existiert hat, obwohl ich mich zu dieser Beweisführung zweifellos real existierender Gedichte bediene.

V

Das Leben meines Vaters, wie ich es aus den einander widersprechenden Familienlegenden rekonstruiere: Er war Jude und stammte aus einer reichen / verarmten Kaufmanns- / Industriellen-Familie. In den Monaten der ungarischen Räterepublik 1919 nahm er an der kommunistischen Schülerbewegung teil und wurde deshalb / wegen seiner unliebsamen Theorien / aufgrund seiner jüdischen Herkunft von der Schule verwiesen. Er lernte als Privatschüler weiter. Später wäre er gerne / ging er / zu Fuß / per Bahn / nach Paris / und studierte dort zwei Semester an der medizinischen Fakultät der Sorbonne / schloß das Studium fast ab. Er kehrte nach Ungarn zurück / von wo er nie weggegangen war /, konnte aber wegen des Numerus clausus für Juden seine Studien nicht fortsetzen / nicht mit dem Studium beginnen. Als Zwölfjähriger stürzte er bei einem Ausflug von einem Felsen / wurde er von einem Felsen herabgestoßen, und seitdem hinkte er. Er sprach zehn / acht / fünfzehn Sprachen und gab Privatstunden. Davon lebte er / er nahm von seinen Schülern niemals Geld. Er hatte eine Menge Bekannte, und als er einmal wegfuhr / in die Ferien / zum Arbeitsdienst, begleiteten ihn zum Bahnhof fünfzig / hundert / mehr als dreißig Freunde. Bei einer Autorenlesung vor zahlreichen Zuhörern / in einem angenehmen kleinen Clubzimmer spielte meine Mutter auf dem Klavier die vertonten Gedichte meines Vaters. Vater und Mutter verliebten sich augenblicklich / einige Monate später ineinander. Sie durften jedoch anderthalb Jahre lang nicht heiraten, weil die jeweiligen Eltern die Ernsthaftigkeit meines Vaters auf die Probe stellen wollten / weil sie darauf warteten, daß er sich eine anständige Stelle suchte.

Beim Arbeitsdienst spielte er den Schwachsinnigen / spielte er ständig mit einem Schlüsselbund und behauptete, er habe jederzeit freien Zugang zum Premierminister / zog er sich im Januar bis aufs Hemd aus und forderte seine Kameraden auf, mit ihm schwimmen zu gehen. Daraufhin wurde er entlassen / lief er davon. Er erkältete sich / seine alte Krankheit aus den Jahren seiner freien und glücklichen Jugend kam zurück / die Krankheit aus den dunklen und stickigen Untermietszimmern holte ihn wieder ein, und er wurde lungenkrank. Er war ein großer Idealist. Nach seiner Hochzeit verteilte er die Reste seiner Barschaft an einige Freunde / schickte er den Verwandten unausgefüllte Schecks mit seiner Adresse. Er war immer schlampig gekleidet / gut gekleidet sah er sehr nett aus. Er pflegte seine Zähne nicht / war keine attraktive Erscheinung / aber die Augen! / die Augen? / er schonte sich nicht / die Schurken haben ihn in den Tod getrieben / er erkältete sich und starb / er fiel dem Faschismus zum Opfer / das Penicillin hätte ihn retten können.

VI

Andor Ivor hat zwei Gedichtbände im Selbstverlag herausgegeben. Der erste (Ich bringe Trost, 1940) erlebte zwei Auflagen, der zweite (Am Ersten beginnt das Leben, 1942) blieb unverkäuflich zu Hause liegen. Vor dem Krieg war es bei Veröffentlichungen im Selbstverlag üblich, daß arme Dichter und Schriftsteller eine Subskriptionsliste verschickten, auf der potentielle Leser durch ihre Unterschrift zu erkennen gaben, daß sie sich von der Arbeit des Autors angesprochen fühlten und bereit waren, materielle Opfer dafür zu erbringen. Sobald die fiktive Summe solcher Leserwünsche, ergänzt durch einige Kredite, zur Deckung der Druckkosten hoch genug war, reichte man das Manuskript beim Zensor ein, welcher – beispiellos in der Weltgeschichte – in seiner lebendigen Person das politische, ästhetische, moralische und sogar das humoristische Empfinden der Herrschenden repräsentierte.

In der Dichtung des Andor Ivor fand der Zensor nichts Kritikwürdiges, und so sind wir einiger Daten beraubt, denen wir mit hinreichender Vorstellungskraft einiges über das Verhältnis des Dichters zu seiner Zeit hätten entnehmen können. Was die Popularität seiner Gedichte betrifft, so erklärt Andor Ivor dazu im Vorwort zu seinem zweiten Büchlein:

> Mein erster Gedichtband »Ich bringe Trost« wurde in wenigen Monaten in 1000 Exemplaren verkauft. Daraus ziehe ich die Schlußfolgerung, daß es trotz alledem in Ungarn ein Gedichte lesendes Publikum gibt, das sich hoch über dem Alltag und jenseits egoistischer Interessen für das Schöne, Gute und Edle begeistern kann. Es gibt Menschen, die ernsthafte Ideen auch hinter einem vielleicht ärmlichen Äußeren entdecken und zu schätzen wissen. Ich widme meinen zweiten Gedichtband ihrer Aufmerksamkeit und Unterstützung.

VII

Meines Wissens erschien in der zeitgenössischen Presse keine Rezension der Gedichte des Andor Ivor. Darum können wir den obigen Text durchaus als Echo auf sein Lebenswerk betrachten. Wir sollten in den Lobesworten, mit denen der Dichter sich hier selbst bedenkt, keine Unbescheidenheit vermuten, sondern annehmen, daß die tausend Menschen, zu denen die Gedichte Andor Ivors »in wenigen Monaten« gelangten, in diesen Versen wirklich solche Tendenzen fanden. Die Bedürfnisse von tausend Menschen kann man natürlich für lächerlich halten, aber man sollte sie keinesfalls außer acht lassen.

VIII

In der Welt des Andor Ivor sind das Böse und das Gute eindeutig und genau voneinander getrennt. Das Böse: soziale Benachteiligung, Unterdrückung, Menschenhaß. Das Gute: alle Möglichkeiten, mit denen man diese Zustände verbessern kann. Das Leben im großen und ganzen ist schlimm, aber wird für den Dichter doch nie völlig unerträglich, denn er findet für sich selbst Worte des Trostes:

> Die Klippen, wilden Strudel, steilen Gründe
> sind Fallen mir, die täglich mich bedrohen,
> und viele Leben stürzen in die Schlünde –
> wie durch ein Wunder bin ich stets entflohen.

IX

Doch vor allem für die anderen findet Andor Ivor tröstende Worte. Für angebracht hält er sie überall dort, wo etwa Kinder an der Straße vor den Augen des teilnahmslosen Publikums betteln, wo die Menschheit von »schrecklichen Reitern« bedroht ist, wo »endlich alles von den Hufeisen zertreten wird«, wo die Hoffnung »entfleucht«, wo das Leben »für Dummköpfe besser ist«, wo jemand den Dichter grob »in das Kreuz stößt« und dieser »feige davonschleicht«.

X

Der Dichter schlägt allen vor, die unter solchen Erniedrigungen leiden, den goldenen Mittelweg zu betreten. Als Beispiel zeigt er ihnen seine eigene ausgeglichene Weltanschauung:

> Bescheidenheit und Maß sind meine Zierde,
> des Denkens Schönheit läßt mich gern verweilen.
> Zwar stillt mein Schatz nicht geldliche Begierde,
> doch Schicksals Macht kann niemals ihn ereilen.

Wenn wir die Armut abschaffen wollen, sagt Andor Ivor, dann müssen wir uns auch von Reichtum und Luxus fernhalten, da diese zu seelischer Verarmung führen. Denn Reichtum ist nichts weiter als ein Abglanz der eigentlichen Erfüllung:

Der Glanz des Goldes ist ein Trugbild nur,
des kleinsten Sonnenstrahles Leuchtespur.

Und dennoch: Wie kann man es erreichen, auf irdische Eitelkeiten zu verzichten und sich doch nicht verarmt zu fühlen? Gibt es ein Gegengewicht für das Fehlen irdischer Güter? Ja, antwortet der Dichter – den Dienst am Gemeinwesen.

Wenn Liebe du ersehnst, so lieb' das All,
der Kampf ums Wohl des Nächsten sei dein Weg!
Such nur die Schönheit und des Lebens Hall
und sieh das Leid der Welt und fühle mit!

Wie wir sehen, postuliert Andor Ivor hier eine neue oder vielmehr eine sehr alte Religion, das Mitgefühl als Programm, und verkündet seine Wahrheiten von diesem Fundament aus:

Verflucht sei alles Böse und Häßliche der Welt
Ich künde euch von Schönheit und von der Güte Zier
und bring den Guten Segen, daß alles wohlbestellt,
und bringe Trost den Armen und Hoffnung neu allhier.

XI

Ach, sagt jetzt wahrscheinlich der Leser, wozu belästigt man uns mit dem salbungsvollen Gereime eines vor dreißig Jahren verstorbenen Dilettanten! Als wenn es in unseren Tagen nicht genug unbegabte Dichter gäbe! Ja gewiß, hier handelt es sich wirklich um Dilettantismus. Und nach landläufiger Ansicht ist mit einer solchen Feststellung das Thema ein für allemal erschöpft. Nicht jedoch, so meine ich, im Falle des Andor Ivor: Die wirklich interessanten Fragen um ihn und sein Werk kommen erst *nach* einer solchen Feststellung. Ich nehme an, daß gewisse Zeiten und Umstände auch solche Menschen zu Dilettanten erniedrigen, denen grundsätzlich die Bereitschaft und die Fähigkeit zu kreativem Schaffen nicht fehlt.

XII

Es gibt etwas, woran wir nicht wortlos vorbeisehen können: Andor Ivor nimmt seine Mittelmäßigkeit freiwillig an. In einem seiner Gedichte beschreibt er seine soziale Lage wie folgt:

> Die stolzen Menschen meiden mich armen grauen Wicht:
> Ich bin so wie Millionen, die selten seh'n das Licht.
> Ihr Leben ist nur Arbeit, geprägt von Müh' und Plag',
> und spurlos sie verschwinden an ihrem Sterbetag.

Andor Ivor spürte offensichtlich, daß diese Rolle – kleiner Mann zu bleiben – für ihn auf die Dauer schwer zu spielen sein würde. Denn er hob sich aus seiner Umgebung schon dadurch hervor, daß er ihre Banalitäten melodisch ausdrücken konnte, und diese Tatsache erweckte in ihm schwer kontrollierbare, schmerzhafte Sehnsüchte – eigentlich gewöhnliche menschliche Regungen:

Nur manchmal fühl' ich tief in mir den Schmerz:
Ich wünsche, jemand Besseres zu sein.
Das tut mir weh und greift tief in mein Herz,
mit heißer Tränenflut bin ich allein.

Doch weiß ich dieser Hölle zu entkommen,
die heil'ge Schwindsucht läßt mich Verse speien.
Ich spotte meiner, höhne, kämpfe, stammle,
und weine, lache, fluche, möchte schreien.

Wenn wir bei diesen Zeilen von der angelesenen Stilromantik absehen, also von allem, was ein veralteter Zeitgeschmack den Bildungsschichten unterhalb der professionellen Literatur überlieferte, dann spüren wir eine aufrichtige, elementare Entrüstung. Andor Ivor blieb Dilettant – nicht etwa, weil er von seinen persönlichen Möglichkeiten her nicht imstande gewesen wäre, sich auf das Niveau des zeitgemäßen Denkens und Fühlens emporzuschwingen, sondern weil er sich aus den Schichten nicht erheben konnte, deren Sehnsüchte er zum Ausdruck brachte. Denn wenn jemand das Schreiben über längere Zeit praktiziert und ernst nimmt, kann er nicht plötzlich der peinlichen Frage aus dem Weg gehen, wie man eigentlich leben soll.

XIII

Aber, fragt verärgert vielleicht noch immer der Leser, wenn Andor Ivor nur durch seine Lebensweise gehindert wurde und er ansonsten begabt war (»begabt« – welch ein Wort!), warum trennte er sich dann nicht von seiner

Umgebung, um seinem gottgesegneten Dichtertalent Geltung zu verschaffen?

XIV

Eine diesbezügliche Anklagerede könnte sich etwa folgendermaßen anhören: Andor Ivor, du bist davon ausgegangen, daß der Mensch in einer bösen Welt gut sein kann. Du hast mit der rührenden Ahnungslosigkeit des kleinen Mannes geglaubt und mit der ausfluchtsuchenden Verschlagenheit des Intellektuellen verkündet, daß es auch eine innere Welt gibt; die menschliche Seele kann ohne weiteres Ideale für sich bewahren, die die Gesellschaft schon längst zertreten hat. Aha, Andor Ivor! Du wolltest also den Notleidenden Trost bringen, damit sie sich mit den Verhältnissen versöhnen! Sie konnten sich doch auf dich berufen, wenn sie von ihrer mickrigen Behausung sagten: »Klein, aber mein!« Oder wenn sie mit den Knöcheln dreimal auf den Tisch klopften und sagten: »Unberufen – noch geht es uns gut!« Und deine Schützlinge sagten: »Es könnte schlimmer sein.« Oder: »Wenn es bloß nicht noch schlimmer kommt.« Das sagten sie bei allen möglichen Gelegenheiten – als ihre Kinder nicht mehr an der Universität aufgenommen wurden; als sie selbst zwar zum Arbeitsdienst mußten, aber noch auf Urlaub nach Hause kommen durften; als Luftangriffe noch zu den selteneren Ereignissen zählten; als der Schweizer Schutzpaß noch etwas taugte; als sie die Wohnungstür noch von innen abschließen konnten; und endlich, als sie bei der Selektion im KZ noch zu den Arbeitsfähigen geschubst wurden. Ja, Andor Ivor,

1906-1945, das sind harte Worte. Wußtest du eigentlich von diesen Zusammenhängen oder nicht?

XV

Aber hier fehlt ein Plädoyer meinerseits, ein paar versöhnende Worte, eine Geste der Sympathie gegenüber meinem Vater. Zum Beispiel so: Anfang der vierziger Jahre war das elende Leben des kleinen Mannes fortwährend tödlichen Gefahren ausgesetzt. Der Versuch zu überleben war zum oftmals einzigen übergeordneten Ziel geworden. Mein Vater, ein grauer Wicht, hatte grundsätzlich höhere Überlebenschancen, weil ihm nicht daran gelegen war, seine glänzende Persönlichkeit in einer ohnehin gebrandmarkten Menge zur Schau zu stellen. Zwar verläuft jede Dezimierung (= Tötung jedes Zehnten) nach blinden statistischen Gesetzmäßigkeiten, aber es wäre falsch gewesen, auch noch durch lautes Schreien die Aufmerksamkeit auf sich zu lenken.

Der Dilettantismus war also für Andor Ivor ein Mittel, sich selbst und vielleicht auch sein Talent zu retten. Seine persönliche Begabung wurde durch die fehlende Begabung seiner Umgebung gelähmt. Und dennoch: Aus einigen seiner Gedichte ist ablesbar, daß er um seine Situation wußte und sich elend dabei fühlte. Das Traurigste: Diese Hinweise mehren sich mit seiner Vorahnung eines frühen Todes.

XVI

Ein verdächtiges Merkmal in einigen seiner letzten Gedichte ist das Beleidigtsein. Die Beschaffenheit dieses Gefühls verrät er im einzelnen nicht, aber wir, die wir jene Epoche schon aus einer gewissen Distanz sehen, benötigen auch keine nähere Erklärung. Zuerst schreibt er über eine erfahrene Kränkung zufällig, fast ungewollt, in einem falschen Zusammenhang:

> Die auf mein Herz gezielte schwere Kränkung
> entschwindet wie ein flücht'ger Schattengeist –
> mein Herz nicht kleinste Spur davon aufweist.

Doch dank der poetischen Inkonsequenz enthüllt er drei Strophen später diese offensichtliche Lüge:

> Die Kränkung, meine schwere Herzensqual
> werd' rächen ich mit hohem Wucherzins.

Die falsche Sentimentalität des »flücht'gen Schattengeistes« »entschwindet«, statt dessen das ordinäre prosaische Wort »Wucherzins« und das harte Verb »rächen«. Was hat den Dichter so beleidigt? Wurde vielleicht eines seiner Gedichte von einer Redaktion zurückgeschickt? Hat ein Fräulein aus gutem Hause sich geweigert, mit ihm das Bett zu teilen? Oder wurden seine Bürgerrechte in dem Land, das er als seine Heimat betrachtete, durch empörende Gesetze beschnitten? Ahnte er plötzlich, daß all das, was er als hochtrabendes Glaubensbekenntnis formuliert hatte, im Grunde nichts anderes war als Ausdruck seiner Schutzlosigkeit und seines Ausgeliefertseins?

Die stolzen Menschen meiden mich armen grauen Wicht:
Ich bin so wie Millionen, die selten seh'n das Licht.
Ihr Leben ist nur Arbeit, geprägt von Müh' und Plag',
und spurlos sie verschwinden an ihrem Sterbetag.

XVII

Wenn der Mensch beginnt, sich von außen zu betrachten, dann bekommen auch ernstgemeinte Worte nur zu leicht eine ironische Schattierung.

Hab Dank, ach Gott, für deine große Gnade.
Dein Urteil über mich fiel ohne mich,
verfehlt hätt' ich, was Schuld ist und was Tugend,
Dein Maßstab gilt ohn' Zweifel ewiglich.

Das ist schon fast eine Replik auf sein eigenes Lob des goldenen Mittelwegs – als glaube Andor Ivor schon nicht mehr recht an ein ehrenhaftes Zähneknirschen und als gebe er sich nicht mehr so leicht mit dem Gedanken zufrieden, daß in seinem Leben der dümmste Zufall (den er übrigens »Wunder« nennt) eine größere Rolle spielt als er selbst. Seine Unfähigkeit, sich den eigenen Maximen gemäß zu verhalten, klagt er mit pathetischen Worten an:

O Herz, was gäb' ich drum, wenn doch dein Pochen
erwecken könnt' die Hoffnung mancher Seel!
O wärst du Glaube frei von allen Jochen,
der blinde Nacht erleuchtet tagehell!

Wärst du voll Heldenmut im Jammertal,
bereit, selbst zu erleiden Marterqual!
Zwar wußtest du, daß man hier Menschen braucht,
doch bist du zögerlich hinweggehaucht.

Auch das Sirenengeheul der Fabriken am Montag gab Andor Ivor seltsame Gedanken ein:

Ach warum ist alles so fade
so öde
warum immer dasselbe
und nie etwas andres?
Warum rufen statt
des eintönigen Sirenengeheuls
zur Fronarbeit
nicht die feurigen Rhythmen des Jazz
warum bloß nicht?

Hat der Leser bemerkt, was geschehen ist? Wo sind die Reime, wo die Jamben Andor Ivors? Wo ist seine ruhige Ausgewogenheit geblieben?

XVIII

Wir sind geneigt zu meinen, von hier aus sei es nur ein Schritt bis zur offenen sozialen Revolte. Aber die Schulbücher, in denen steht, daß sich alles gemäß dieser Logik vollzieht, hatte Andor Ivor aus naheliegenden Gründen noch nicht lesen können. In seinen Gedichten vermischen sich die oben angeführten neuen Erkenntnisse stets mit »poetischen« Banalitäten, mit melancholischer Sentimentalität. Was letzteres betrifft, so ist seine Liebeslyrik geeignet, dem Faß den Boden auszuschlagen. Die Art, wie er mit diesem Thema umgeht, läßt sich nicht mit gewöhnlicher Kritikerrüge erledigen. Ich bitte um Entschuldigung für die Pietätlosigkeit, und wäre Andor Ivor noch unter den Lebenden, dann hätte ich es ihm längst selbst gesagt: Seine Liebeslyrik ist eine Zumutung.

Als deiner Augen funkelnder Magnet
entflammte mich mit seinem stillen Feuer,
so quoll in mir die Sehnsucht ungeheuer,
daß Siegeszug des Kusses rasch entsteht.

Ich seh noch das Erröten deiner Wangen,
wie du vor Scham beinah versunken bist,
so ich dich hab' zum ersten Mal geküßt.
Du hast geweint aus Furcht vor dem Verlangen.

Ich will nichts mehr von dir als nur das eine:
Ein Bruder will ich gerne für dich sein,
will zärtlich sprechen mit dem Schwesterlein,
damit nicht Lust mit Schrecken sich vereine.

So etwas kann einem doch fast die gute Laune verderben. Die heiße Liebeserklärung besteht aus Prosaismen und humpelnden Bildern; wer hat schon je einen Magneten mit Zündflamme gesehen? Zu Andor Ivors Entlastung muß ich aber betonen, daß die Grundlage für solcherart prüde Liebeslyrik immer der Mangel an Erlebnissen ist. Außerdem war Andor Ivor zur Zeit dieser Gedichte bereits mit meiner Mutter verheiratet. Er drohte zwischen zwei ungeschriebenen Gesetzen zerrieben zu werden:

erstens hat der mustergültige Ehemann über seine früheren Liebeserlebnisse oder – horribile dictu! – über seine außerehelichen Seitensprünge zu schweigen. Zweitens muß ein Dichter unbedingt Intimlyrik von sich geben.

XIX

Der kleine Mann, der das große Leben nicht kennt, kann nur Gedichte, aber keine Dichtung schaffen. Seine Banalitäten fallen zurück auf den Boden, der diese nährt. Die hochfliegenden Gedanken werden wieder zum Teil der Lebensbanalität; es hängt vom Zufall ab, aus wessen Mund sie erneut als Lieder erklingen.

Und doch: Das Gefühl der Kränkung läßt Andor Ivor bis zu seinem Tode nicht mehr los.

Ein Auto rast vorbei in grellem Licht.
Warum bin ich zu Fuß und jener fährt?
Noch heute nacht am Ziel, das er begehrt,
doch jahrelanger Weg ist meine Pflicht.

Er hat Chauffeur und eine Menge Geld:
er leistet sich solch Tempo im Gewühl.
Ich geh' zu Fuß und hab' doch das Gefühl:
Gestraft zu sein mit Knast ist meine Welt.

Heute lachen wir vielleicht über diese primitive Gegenüberstellung des Autofahrers und des Fußgängers, vor allem darüber, daß der inkriminierte Autobesitzer über genügend Geld verfügt, um die Strafe für zu schnelles Fahren bezahlen zu können. Aber nur diejenigen, die zur

Crème der Gesellschaft gehörten, konnten sich damals ein Auto leisten. Wenn Andor Ivor das große »Warum« der Gesellschaft eben im Zusammenhang mit dem Automobil aufwirft, so ist dies symbolisch zu verstehen. Er hätte gerne mit einem solchen Auto seinen Alltag und die noch alltäglicheren Sonntage verlassen:

Dann Freitag, Samstag, Sonntag – wieder mal
beginnt der Tag, die Woche, Jahr auf's neu.
Und langsam wird dir jeder Traum egal,
die Kraft der Jugend ist nun bald vorbei.

Natürlich ist das alles nur eine Geldfrage, meint der Dichter. Es ist zum Beispiel eine empirische Tatsche, daß die Leute in jedem Monat Lohn erhalten. Andor Ivor hält diese Begebenheit für so bedeutsam, daß er auch mit dem Titel seines zweiten Büchleins *(Am Ersten beginnt das Leben)* darauf verweist. In diesem titelgebenden Gedicht gibt er den Menschen den Rat, ihre Bedürfnisse entprechend den pekuniären Gegebenheiten dennoch exzessiv auszuleben:

Der großen weiten Welt bunt schillernd Bild:
Die Bühne zeigt's, die Leinwand und das Buch.
Trink jungen Wein des Lebens, spritzig-mild,
auch auf dem Tanz, der Liebe ruht kein Fluch.

Saug auf, was dir an Schönheit wird geboten,
nimm wahr die Freude, die das Herz begehrt.
Der Monatserste knüpft der Spiele Knoten,
der nächste Tag dir schon Genuß verwehrt.

Das ist der kläglich-bescheidene Epikureismus der Kleinbürger aus der Budapester Theresienstadt, Gebrauchsanweisung für das Leben 1942 – vorausgesetzt, die himmlischen und irdischen Behörden waren bereit, diesen Gipfel der Genußsucht noch länger zu dulden.

XX

Jetzt war ein Zeuge dringend vonnöten. Endlich mußte jemand der Welt erklären, warum und woran Andor Ivor so litt, dieser damals 34 Jahre alte kleine Mann, der trotz vielerlei Fähigkeiten nichts im Leben erreicht hatte und mit seinem geradezu legendären Humor von niemandem ernstgenommen wurde. Dieser Jemand, Herold eines aus dem tiefsten Inneren des Herzens kommenden Klageliedes, mußte unbedingt ein makelloser Mensch von großer Klugheit sein, dessen Autorität nicht in Frage stand. Es schadete auch nichts, wenn er schon längst gestorben war, weil die allzu laute Klage zu Andor Ivors Zeiten nicht ganz ungefährlich war. Es wurde jemand gebraucht, der über die Leiden Andor Ivors so sprechen konnte, als habe er sie am eigenen Leibe erduldet. So entstand der »Monolog des Sokrates«.

Ich rufe erfolglos:
Im Namen des Gewissens! Mir geschah
ein zum Himmel schreiendes Unrecht.
Morgen ist es zu spät, es wieder gutzumachen!
Besinnt euch, solange ich Atem habe zum Seufzen,
denn wenn mein Herz zum letzten Mal schlägt,
dann werde ich nicht mehr für euch auferstehen!

Schon morgen gehe ich in Berufung
beim Höchsten Gericht,
erhebe Klage gegen meine Schöffen
wegen vorsätzlichen Mordes
und erbitte den göttlichen Fluch auf ihr Haupt!

Endlich konnte sich Andor Ivor von Sokrates mit dessen nicht zu ignorierendem moralischen Gewicht die nötige Tapferkeit ausleihen. Es war kaum unterscheidbar, ob hier der Dichter im Gewand des antiken Philosophen das Wort ergriff und gegen die himmelschreiende Ungerechtigkeit der Athener protestierte oder ob Sokrates mit der deformierenden Kleinwelt der Budapester Theresienstadt abrechnete. Doch ist der Monolog eher auf den jüngeren Helden zugeschnitten, was vor allem daraus ersichtlich ist, daß die Stimme des Dichters am Ende des Gedichts wieder in Klagen umschlägt und an das geschriebene Gesetz appelliert, »wegen vorsätzlichen Mordes«.

XXI

Zum Abschluß noch ein Gedicht – das einzige, in dem Andor Ivor unverkrampft, prosaisch, fast ohne große Gesten spricht und das durch seine Überheblichkeit sogar den überheblichen Interpreten in Verlegenheit bringt.

Meine Schatzkammer

Nein, wie du mich auch bedauerst,
so arm bin ich doch nicht. Dieses eingefallene Gesicht
ist nicht so leblos durch mangelnde Ernährung, sondern

ist von der Galle der zwanghaften Heuchelei gefärbt.
Ich führe dich in meine Schatzkammer. Verzeih,
ich muß nur meinen Schädel ein wenig öffnen. Sieh,
hier ist mein Hirn. Die linke und die rechte Hälfte.
Dann die Zentren des Sehens, des Hörens. Dort
ist das Zentrum des Geschmacks. Aber das zeige ich dir nicht,
sondern die Gehirngänge. Warum sie so gewunden sind,
fragst du. Mein Gott, wenn jemand immer den geraden Weg
gehen will, ohne seinen Kopf zerbrechen zu lassen,
dann muß er eine andere Richtung nehmen, und das Leben
ist eben so ein verschlungener Weg.
Hier ist zum Beispiel der Hügel der Freiheitsliebe,
siehst du ihn? Diese gewölbte Zelle ist die der
Liebe, dahinter die der Toleranz und endlich
die des Mitgefühls, alle von der Gewalt vernichtet.
Wenn zufällig ein Blutkörper in diese Gegend gerät,
flieht er sofort erschrocken zu den Zentren der Angst,
der Rache und Heuchelei, wo es noch Leben gibt,
wo das Blut noch willkommen ist.
Dieses hundertmal zurückgedrängte, verschlungene
Wege gehende, zerfasernde Etwas ist mein Talent. Und
auch das siecht dahin, denn Blut, Leben
erhält es nur durch das Zentrum der Freiheitsliebe.
Aber wir gehen weiter:
dieses welke, graue, mit Luftblasen gefüllte
Organ ist die Lunge. Diese runde Öffnung ist vielleicht
mein Ehering mit dem Tod. Warum? Sicher haben die Worte
der Beschimpfung und des Hasses die Luft verseucht,
die ich atmete. Mein Magen. Von außen nur scheint es
seltsam, daß er so geschwollen ist. Aber wenn wir
tiefer hineinsehen, dann werden die Gründe sichtbar: die
vielen geheimen Kränkungen, die Mißachtung,

die ihn vergiftet hat.
Doch hier ist mein Herz.
Dem hat nicht geschadet
das Welken der Freiheitsliebe, im Gegenteil,
manchmal
in Zeiten ohnmächtigen Zornes
klopft es so stark, daß es fast meinen Brustkorb sprengt.
Das gebe ich dir: das Wertvollste und das
Aufrichtigste, denn das Hirn
kann hundertmal den rechten Weg verlassen, aber
das Herz verläßt ihn
nie

XXII

Nach 1942 hat Andor Ivor das Dichten allmählich eingestellt. Ich fürchte, daß er nichts mehr im Leben fand, was er noch zu verdichten für würdig hielt. Insgeheim hoffe ich, daß er die Welt besser verstand, als er sie mit seinen Mitteln zu beschreiben imstande war. Der Familienüberlieferung zufolge diktierte Andor Ivor kurz vor seinem Tod der Krankenschwester drei Worte: »Hütet das Kind.« Diese Abschiedsgeste kommt mir vor wie manche seiner Gedichtzeilen, im Grunde wie seine ganze Dichtung: ein Klammern an etwas Bedeutsames, was vielleicht sogar erreichbar wäre, wenn nicht die Kraft fehlte – wenn nicht er selbst fehlte, um es zu erreichen.

Aus den fünfziger Jahren

1. Heilgymnastik

Ich war elf Jahre alt, als mir ein Orthopäde anerkennend auf die Schulter klopfte und sagte: »Sieh mal einer an! Was für einen wunderschönen Buckel dieser Junge doch hat!« Zum Trost fügte er hinzu: »Nichts Besonderes. Rückgratverkrümmung fünften Grades.«

Sieben Schuljahre lang ging ich zur Heilgymnastik. Manchmal, wenn ich auf der Straße, im Wald oder in einem Café war, hatte ich ein Gefühl, als ob die Gerüche der Turnhalle aus mir herausströmten. Ich glaubte nach Schweiß, nach Desinfektionsmittel und nach den Lederbezügen der Turngeräte zu riechen. »Und hoch! Und runter! Und hoch! Und runter!« Das waren die Kommandoworte für Liegestützen. Heute noch murmele ich sie vor mich hin, wenn in meinem Leben zu viele einförmige Tage aufeinander folgen.

2. Der Einkauf

Meine Großmutter hatte von der Genossenschaft für Igelit- und Regenmantelproduktion, für die sie arbeitete, 50 Forint Prämie erhalten. Sie entschied sich zu einem festlichen Mittagsmahl, und zwar zu einem Kartoffelauflauf. Wir schrieben alle benötigten Zutaten auf einen Einkaufszettel: Fleischwurst, Eier, saure Sahne, Speiseöl und Kartoffeln. Zuerst gingen wir in die Metzgerei. Die Wurst war gerade ausverkauft. »Das macht nichts«, sagte meine Großmutter. »Hauptsache, es gibt Eier, saure Sahne und Kartoffeln.« So gingen wir zum Milchgeschäft. Doch an diesem Tag gab es keine saure Sahne. »Das macht nichts«, sagte meine Großmutter. »Wir kaufen eben Kartoffeln und machen dazu ein Omelett.« Wir gingen weiter zum Lebensmittelladen. Dort gab es nur Eipulver. »Das macht nichts«, sagte meine Großmutter. »Auch daraus läßt sich ein Omelett backen. Hauptsache, es gibt Kartoffeln.« Jedenfalls kauften wir Speiseöl. Dann gingen wir in den Obst- und Gemüseladen. Dort gab es erfrorene Kartoffeln. »Das macht nichts«, sagte die Großmutter. »Hauptsache, wir bekommen bald etwas zu essen.« So kauften wir die erfrorenen Kartoffeln. Beim Schälen mußten wir drei Viertel davon wegwerfen. »Das macht nichts«, sagte meine Großmutter. »Hauptsache, es gibt keinen Krieg.«

3. *Hausaufgabe*

In meinem Russisch-Lehrbuch las ich die Geschichte von dem sowjetischen Pionier, der zufällig eine Bruchstelle in einem Eisenbahngleis bemerkt und den herannahenden Zug auf die Gefahr aufmerksam macht, indem er mit seinem roten Halstuch winkt.

Nun wollte ich unbedingt ein Pionier werden, oder vielmehr ein Pionier-Eisenbahner – einer, der mit entschlossenem Blick das Abfahrtssignal gibt oder zwischen dem Ságvari-Park und der Station »Vorwärts« die Fahrkarten kontrolliert.

Bisher hatte ich den Gleisen nur Böses angetan. Ich hatte 10- und 20-Filler-Stücke auf sie gelegt und dann darauf gewartet, daß die Straßenbahn die leichten Münzen zermalmte.

Als ich am Samstagnachmittag über die Stalinbrücke nach Hause ging und von weitem das Rumpeln der Straßenbahn hörte, hatte ich ein schlechtes Gewissen. So gern wollte ich etwas tun, für das werktätige Volk und für die Heimat, aber nirgendwo gab es ein kaputtes Gleis – nirgendwo einen Gleisbruch.

4. *Der Primus*

Seit zehn Jahren hatte Rosenzweig nur gute und sehr gute Noten bekommen. Manchmal gratulierte ich ihm zu seinen Erfolgen. Jedesmal reichte er mir verlegen seine ständig schwitzende Hand. Und er lobte mich ebenfalls, wenn ich mit ungeheurer Anstrengung eine Zwei in Physik oder eine Drei in Chemie errungen hatte.

Einmal nahm ich ihn beiseite und fragte ihn: »Sag mal, Rosenzweig, bist du glücklich?« Er sah mich verständnislos an. »Wenn du Hilfe brauchst, dann wende dich ruhig an mich«, sagte er mit seiner dünnen, näselnden Stimme.

5. *Bedingter Reflex*

In Tahi an der Donau war ein Ferienheim des jüdischen Waisenhauses. Den ganzen Tag verbrachten wir mit Baden, Wandern und Spielen. Bereits mittags waren wir hungrig wie die Wölfe. Doch wenn wir die dampfende Suppe endlich vor uns stehen hatten, waren wir immer gezwungen, erst noch das Ende des Tischgebets abzuwarten.

Später wurde unsere Ungeduld auf eine zusätzliche Probe gestellt. Man war auf die Idee gekommen, vor dem Mittagessen nicht nur zu beten, sondern die Schüler außerdem über Politik zu informieren.

Einer aus der achten Klasse verlas täglich die neuesten Nachrichten.

Wenn ich an die Frontberichte des Oberkommandos der Koreanischen Volksarmee denke, läuft mir heute noch das Wasser im Mund zusammen.

6. Die Liste

1958 erhielten wir eine Aufforderung aus der Bundesrepublik Deutschland, alle Schäden aufzulisten, die uns durch Nationalsozialismus und Krieg entstanden waren.

Da wir niemals materielle Werte besessen hatten, schrieben wir anderes auf die Liste: meinen Vater, meinen Onkel, die Verwandten aus Keszthely, die nach Auschwitz verschleppt worden waren – und sogar Toni Schwarz, den Schandfleck unserer Familie, der seine alte und kranke Mutter vernachlässigt hatte.

Doch bei diesem Namen stockte meine Großmutter. »Er war kein anständiger Mensch«, sagte sie und strich ihn mit einem Federzug aus der Verlustliste.

7. Der Chemielehrer

Er war untersetzt, schwerhörig und kurzsichtig. Er war Junggeselle. Er sprach uns alle mit »Sie« an. Wenn der Lärm in der Klasse so groß wurde, daß es selbst ihm schon auffiel, dann fragte er unheilverkündend: »Sind Sie wieder dabei, den Bogen zu überspannen?«

Die chemischen Elemente betrachtete er als lebendige Wesen und als seine persönlichen Bekannten. Einmal bemerkte er bitter, auf die Affinität des Chlors anspielend: »Ich habe es sehr gern, weil es eine Eigenschaft hat, die Ihnen völlig abgeht.«

8. Schokoladen-Hierarchie

Die billigste Sorte, »Brüderchen«, die nach Sägemehl schmeckte, der »Granitwürfel«, der fettig an unseren Fingern haftete, der »Bestschüler«, dessen hauchdünne Kakaoschicht ich mit den Fingernägeln abkratzte, die verschämt-vielversprechende »Ungarische Banane«, die pikante »Sport«-Tafel mit Rum, der mit Nußcreme gefüllte »Zauberladen«, und schließlich die zu Weihnachten 1956 aus dem Rot-Kreuz-Päckchen hervorgezauberte Luftschokolade, versehen mit dem appetitanregenden Begleittext der internationalen Solidarität: »Alles Gute wünscht Dir ein Schweizer Schulkind«.

9. *Schande*

Als ich neun Jahre alt war, spielte ich einmal mit Vera bei ihr zu Hause. Ich mußte dringend pinkeln, traute mich aber nicht, es zu sagen. Fünf Stunden lang hielt ich es zurück, trat immer von einem Fuß auf den anderen und versuchte dabei, lustig und unbefangen das Gesellschaftsspiel »Der lachende Sieger« zu spielen. Kurz nach meinem dramatischen, fast verspäteten Hinausstürzen ging auch Vera auf die Toilette und meldete anschließend triumphierend, ich hätte die Toilettenbrille bepinkelt.

10. *Zauberberg*

Die beiden großen Krankensäle des Kindersanatoriums waren durch eine Glaswand getrennt. Nach jedem Frühstück küßten Zsuzsi und ich uns durch diese Glaswand. Ihr Mund war voller Pickel, aber durch die Scheibe hindurch störte das nicht. Viele folgten unserem Beispiel, bis uns eines Tages die Oberschwester dabei überraschte. Seitdem schauten wir nur sehnsüchtig auf die große Glasscheibe, die in Gestalt eines langen Fettstreifens die Spuren unserer Küsse bewahrte.

11. *Der Freier meiner Mutter*

Der WOHLPROPORTIONIERTE, am Stock gehende, ÜBER KEINE WOHNUNG VERFÜGENDE, glatzköpfige FÜNFZIGER VON GROSSEM GEISTIGEM REICHTUM erwartete meine Mutter unter dem Kennwort »VERSU-

CHEN WIR UNSER GLÜCK!« vor dem Kasino auf der Margaretheninsel. Auch ich war dabei – EIN KIND IST KEIN HINDERNIS. Der VON ALLEN LASTERN FREIE Kandidat bot uns eine Brause an. »Sind Sie auch häuslich?« fragte er meine Mutter. »Natürlich«, stotterte sie, »besonders gern wasche ich.« Daß sie nicht kochen konnte, verschwieg sie vorsorglich.

Bei ihrem zweiten Treffen, eine Woche später, hielt er um ihre Hand an. Meine Mutter errötete und offenbarte ihm unter Qualen, sie sei nicht jene RUNDLICHE, ANZIEHEND WIRKENDE, GESCHIEDENE ODER VERWITWETE FRAU, DIE JEMANDEM EIN FRIEDLICHES ZUHAUSE UND EIN STILLES ALTER BIETEN KANN.

Der Mann machte eine enttäuschte Handbewegung, stand, auf seinen Stock gestützt, auf und legte zum Abschied sein bescheidenes Geschenk auf den Tisch – ein großes Waschmittelpaket der Marke »Lob der Hausfrau«.

12. *Die Geschichtsstunde*

Der schieläugige Glasner wohnte mit seiner Mutter in einem ehemaligen Ladenraum. In dem einzigen vorhandenen Bett schliefen sie gemeinsam. Auffälligster Bestandteil ihres Mobiliars war eine Drehbank, die sie von dem im Krieg gestorbenen alten Glasner geerbt hatten. Vor dem Mittagessen bedeckten sie diese mit Zeitungspapier. Die Mutter arbeitete als Putzfrau in einem Betrieb. Für ihre gute Arbeit dort erhielt sie eine Urkunde, auf die sie sehr stolz war. Sie hängte sie über die Kerosinlampe an die Wand.

Ich gab Glasner Nachhilfeunterricht in Ungarisch und Geschichte. Das Lernen war ihm verhaßt. »Hör mal, Glasner«, sagte ich eines Tages ärgerlich, »vor der Befreiung wohnten die Proletarier in miserablen Löchern, in die nicht einmal das Tageslicht drang. Von den Herren wurden sie unterdrückt, und ihre Kinder durften nichts lernen.«

Glasners Mutter weinte still vor sich hin. »Was für Zeiten waren das«, murmelte sie, »was für Zeiten.«

13. Stromausfall

Im April 1952 ging am Vorabend des Pessachfestes, mitten in der Rede des Oberrabbiners, das Licht aus. Der Alte ließ sich jedoch nicht stören, sondern baute das unerwartete Ereignis in seine Predigt ein. »Seht ihr, meine jüdischen Brüder«, sagte er, »etwa so hat der Herr Ägypten mit Finsternis geschlagen und den bösen Pharao gezwungen, das erwählte Volk ziehen zu lassen.« Nach einigen Sekunden wurde es wieder hell. »Aber der Herr kümmerte sich auch darum, daß sein Volk nicht ohne Licht blieb«, improvisierte der Oberrabbiner weiter. »Und da wir schon gerade dabei sind«, fuhr er mit erhobener Stimme fort, »so laßt mich an eine andere Befreiung erinnern, die uns im Jahre 1945 den lichten Morgen einer neuen Epoche brachte.«

Es folgte ein viertelstündiger Stromausfall. Nur die Festtagskerzen leuchteten.

14. *Olga*

Olga war eine Jüdin aus der Provinz. Ihre Eltern waren von den Nazis ermordet worden. Anfang der fünfziger Jahre war sie bei uns Schlafgängerin. Sie war eine leidenschaftliche Natur. So hatte sie einmal mit einem Stein das Fenster ihres Liebhabers, eines bereits damals bekannten Journalisten, eingeworfen.

Mit meiner Großmutter hatte sie sich schon bald zerstritten. »Ich hole das Messer und bringe Sie um! Sie sollen sofort krepieren!« schrie Olga im Hausflur vor den Ohren des ganzen Hauses. Am Abend entschuldigte sie sich. »Ich habe niemanden mehr außer Ihnen und meiner Schwester«, schluchzte sie. Wir kündigten ihr, konnten sie aber dennoch nicht loswerden, da wir ihr nicht, wie das Gesetz es vorschrieb, eine andere Wohnung nachweisen konnten. Sogar das Sekretariat des Staatschefs Rákosi behelligten wir schon mit unseren Beschwerden.

Indessen erkrankte Olga. Sie wurde immer sanfter und verträglicher. Wir begannen schon zu fürchten, daß unsere Beschwerde Gehör finden könnte, als Olga ihr Bett, das entsetzliche Gerüche verströmte, verlassen und ins Krankenhaus gehen mußte.

Ihre Schwester Lilli überbrachte die Nachricht: »Die arme Olga ist gestorben, gerade, vor einer Viertelstunde.« Einen Monat später erhielt meine Großmutter eine Aufforderung vom Sekretariat Rákosis, zu einem Gespräch zu erscheinen. Weder wagten wir es, dort hinzugehen, noch trauten wir uns, den Brief zu beantworten. Noch Jahre später, das Sekretariat gehörte längst der Vergangenheit an, brach uns der Schweiß aus, wenn wir uns fragten, worüber wir nach all dem mit ihnen hätten sprechen sollen.

15. Sommer 1958

»Laß uns einen Frosch sezieren«, sagte Marika. »Gut, sezieren wir ihn«, stimmte ich entsetzt zu. Jetzt, jetzt endlich wollte ich ihr alles sagen. Mich ihr endlich erklären. Wir saßen an einem grünen Hang. Weißt du, wenn wir beide zusammenleben würden. Das Messer trifft auf die Haut. Wie schön das wäre. Das Blut spritzt. Ich würde dich wirklich verstehen. Der Körper zuckt. Ich will dir was sagen. Wie das Herz schlägt! Du bist das erste Mädchen in meinem Leben. Das Messer dringt schon in die Eingeweide. Von dem ich sicher weiß. Er regt sich noch. Daß ich es liebe. Er ist tot, endlich, endlich tot. »Hast du was gesagt?« fragte Marika. Unter uns die ebenerdigen Häuser von Obuda.

16. Rechtsfälle

Vor dem Krieg war er ein namhafter Anwalt gewesen. In den fünfziger Jahren kam er ins Altersheim. Wenn er Ausgang hatte, besuchte er uns. »Gnädige Frau«, sagte er zu meiner Mutter, »glauben Sie mir – ich habe noch immer meine Kanzlei. Nur bin ich jetzt vor allem ein juristischer Vertreter unseres Herrn Jesus Christus.«

Manchmal tippte meine Mutter aus Freundlichkeit etwas für ihn. Aus dem Kopf diktierte der Herr Anwalt eine energische Aufforderung zur Zahlung von Alimenten, die seit den zwanziger Jahren fällig waren, eine Anzeige gegen den Journalisten einer Vorkriegszeitung oder einen Brief zur Wiederherstellung der Ehre einer längst verstorbenen Klientin. Wenn er das erstaunte Gesicht meiner Mutter bemerkte, so beruhigte der Herr Anwalt sie mit den Worten: »Nichts verjährt, gnädige Frau! Da oben«, er zeigte zur Decke, »wird alles neu verhandelt.«

Er sehnte sich schon sehr nach dem Leben in jener anderen Welt, wo die Prozesse nie aufhören würden. Nachdem er gestorben war, fand man in seiner Aktentasche ein mit Bindfaden verschnürtes Päckchen. Es trug die Aufschrift: »Für Jesus Christus, persönlich auszuhändigen!«

17. *Weltpläne*

Als Vierzehnjähriger entwarf ich den Plan einer Kommunistischen Weltrepublik. Besonders begeistert war ich von der Sozialistischen Staatengemeinschaft Papuas und der Aztekischen Volksrepublik. Auch die nationalen Streitigkeiten in Belgien wurden von mir gelöst: Ich entschied, daß die Wallonische Sowjetrepublik und die Flämische Kommune zu souveränen Staaten erklärt werden, die unabhängig voneinander existieren sollen. Viel Zeit verwandte ich auf die Überlegung, ob ich Albanien als Freistaat Skiperie der Adriatischen Bolschewistischen Republik oder besser der Sozialistischen Donauföderation angliedern sollte, deren Hauptstadt natürlich Budapest war.

18. Der Rock der Großmutter

Als ich dreizehn Jahre alt war, geschah es, daß ich eines Morgens versehentlich nicht nur meinen Wintermantel, sondern mit diesem auch den schwarzen Rock meiner Großmutter anzog, da er zufällig im Futter des Mantels hängengeblieben war. In der Schule hängte ich meinen Wintermantel zu den Jacken und Mänteln der anderen an einen Garderobenhaken. In der großen Pause fiel der Rock auf den Fußboden. Triumphierend hoben meine Schulkameraden ihn auf, probierten ihn an und verkündeten feixend die erotischen Ideen, zu denen der Rock sie animierte. Ich schämte mich in Grund und Boden. So zog ich es vor, auf jedes Eigentumsrecht bezüglich des Rockes zu verzichten. Nach einigen Monaten fand ich ihn in der Turnhalle als Putzlappen wieder. Jahre später noch sprach meine Großmutter hin und wieder von ihrem unter geheimnisvollen Umständen verschwundenen Rock (»Er war mein bestes Stück«).

19. Tante Rosa

Tante Rosa war für mich eher komisch als erschreckend. Es war nicht so, daß sie sich einfach für Napoleon hielt, sondern viel schlimmer – sie war für mehrere Napoleons gut. Als ich sie einmal mit meiner Großmutter in der Leopoldfeld-Irrenanstalt besuchte, bat sie mich: »Liebes Kind, nimm die Judenäpfel aus dem Judenschrank, denn die Judenverwandten sind gekommen.« Und zum Abschied sagte sie: »Meine Lieben, ich weiß nicht, wie lange diese Judenkrankheit noch anhält. Aber wenn der

Judengott es will, dann werde ich irgendwann einmal aus dieser Judenanstalt entlassen.« Dann gab sie mir die Judenschokolade zurück, die ich ihr geschenkt hatte.

20. *Terminologie*

Manchmal gab es Worte, die ich nicht verstand. Zum Beispiel »Friedenskampf«. So fragte ich Tante Franziska, die Erzieherin im jüdischen Waisenhaus: »Was ist es denn nun – Frieden oder Kampf?« Sie schlug mir auf den Mund: »Willst du, daß ich wegen dir in den Knast komme?«

21. *Die Ablösung*

Friedmann hatte gesehen, daß ich mich am Morgen nicht gewaschen hatte. Nach dem Tischgebet ging er zum Lehrer Wolff und berichtete ihm über das Versäumnis. Der Sachverhalt wurde geprüft, und der Lehrer Wolff brüllte: »Ein Dieb ist auch der, der das Vertrauen der Menschen mißbraucht!!« So wurde Friedmann an meiner Stelle zum verantwortlichen Kontrolleur von Fingernägeln und Ohren ernannt.

22. *Tante Lisa*

1958 emigrierte Tante Lisa zu ihrer Familie in die Bundesrepublik Deutschland. Von dort aus versuchte sie mich zu unterstützen, da ich zum Kreise ihrer engeren

Verwandten gehörte. Jedem Brief legte sie zehn bis zwanzig Rotbarth-Rasierklingen bei. Schon bald begann meine Großmutter sich zu beunruhigen, da ungeheure Mengen unverkäuflicher Rasierklingen in unserer Kredenz lagerten. Außerdem befürchtete sie, daß die Zollbeamten die verdächtig dicken Umschläge eines Tages öffnen und das Verbrechen des Jahrhunderts aufklären würden. Deshalb deutete sie in mehreren Briefen an Tante Lisa an, wir seien inzwischen mehr als dankbar für die Unterstützung. Tante Lisa verstand dies offensichtlich als Ermunterung, denn zu Weihnachten schickte sie uns ein ganzes Paket mit Rasierklingen und darüber hinaus noch eine Schallplatten-Ansichtskarte: Stille Nacht, heilige Nacht. In der Pfandleihe wollte man von beiden Artikeln nichts wissen.

23. *Die Erklärung*

»Liebe Jungs«, sagte der Herr Schuldirektor Koltai im Dezember 1956, »von jetzt an sind wir endlich Ungarn! Von heute ab werden wir nicht mehr Russisch lernen, sondern Deutsch.«

24. *Der Aufsatz*

Am Ende der Ungarischstunde gab die Lehrerin die Hausaufgabe bekannt. Ein Aufsatz war zu schreiben mit dem Titel »Meine Eltern«. Im Namen der Kinder des jüdischen Waisenhauses protestierte ich: Die Themenstellung sei für uns Waisen und Halbwaisen eine Beleidigung. Meine Freunde machten tragische Mienen dazu, und einige rieben sich sogar die Augen, als seien sie tatsächlich in ihren tiefsten Gefühlen getroffen. Die Mehrheit der Klasse, allesamt Christen, blickte vor Neid und Anerkennung zu uns herüber. Erschrocken zog die Lehrerin ihr Ansinnen zurück und gab uns Kindern aus dem Waisenhaus ein anderes Thema: »Warum ich der Roten Armee dankbar bin.«

Wien, September 1964

Eva night club bar cabaret Das Haus der nackten Tatsachen.

Im Eva ziehen sich nationalchinesische Tänzerinnen aus. Die Tatsachen sind nicht nackt genug. Die Frau auf der Straße vor der Buchhandlung nehme ich nicht in Anspruch. Sie fragt: Möchtest du Liebe machen? Ich habe keine Zeit. Ich werde rot. Ich lüge. *Ich habe Zeit. Ich bin 21 Jahre alt, Mitglied des Kommunistischen Jugendverbandes. Ich bin stolz darauf. Bin glücklich, daß ich stolz sein kann. Möchtest du Liebe machen*? fragt *sie* vor der Buchhandlung. Die Frage ist hier und jetzt aus ideologischen Gründen nicht beantwortbar. Das Lenin-Abzeichen nehme ich schon am ersten Nachmittag ab, stecke es in die Tasche. Ich möchte die nationalchinesischen Damen wie Champagner austrinken. Paß auf, jetzt wirst du etwas erleben. Ich sitze im Haus der nackten Tatsachen. Ich sehe mich selbst. Alles ist erotisch. Filmreklame. Eddie, wenn das deine Mami wüßte. Schaufenster. Die Moskauer Schauprozesse. Die Toilette in der Unterführung. Makareos ist ein Rebell. Christliche Welt, erwache. Das aufregendste Firmenschild in der Kärntner-Straße: Coiffeur. Was bedeutet das? Meine Gefühle knistern. Nach einem Monat sehe ich im Wörterbuch nach, Coiffeur = Friseur. Möchtest du Liebe machen? frage ich mich selbst. Im winzigen Zimmer des Hotels Stadt Ödenburg. Billiges Zimmer. Quietschendes Eisenbett. Gemietet von Verwandten. In der Frühe bringt das Zimmermädchen die Waschschüssel. Eine rührende Gedenktafel an der Hauswand: Hier lebte und komponierte Antonin Dvořák. Hier wusch er sich über der Schüssel. Wurde auch er vor der Buchhandlung gefragt? Was antwortete er? Was muß man antworten? Ja, bitte schön, ich will, aber ich möchte über meine enttäuschte Liebe erzählen. Und Sie? Sind Sie ein Kommunist? fragt höhnisch die Frau vor der Buchhandlung. Wo haben Sie das Abzeichen, das Sie zu Hause so stolz tragen? Wo? Möchtest du Liebe machen? Das ist hier die Frage.

Die Zeitungen. Die Titelseiten. Die Titel. Das sozialistische Lager existiert nicht mehr. Die *Corriere della Sera.* Sie starrt mich an. Sie sucht das Abzeichen in meiner Tasche. Ich bin nur ein Fußgänger. Ich gehe zu Fuß, nicht aus politischen Gründen, nur so privat. Die Schwester des kubanischen Diktators nach Chile geflüchtet. Sie warnt vor der Wahl Allendes. Die Kosten: täglich 20 Schilling Taschengeld, und ich kann gehen, wohin ich will. Zum Beispiel nach Schönbrunn. Gestutzte Büsche. Gestutzte Hunde. Der Altkaiser lächelt. Die Landschaft ist unaustrinkbar. Wie Sinalco. Sinalco das Getränk der Jugend.

Möchtest du Liebe machen? fragt der Coiffeur, fragt Dvořák, über die Schüssel gebeugt. Im winzigen Zimmer des Hotels Stadt Ödenburg. Fragen die nationalchinesischen Tänzerinnen. Ihnen gestehe ich es: Natürlich möchte ich. Natürlich will ich. Ich will. Aber meine Weltanschauung – aber die Kosten. Ja, wirklich? fragt der Verwandte. Unter uns, wie wirkt sich, was du hier siehst, auf deine Weltanschauung aus? Das Wiener Schnitzel reicht wie immer über den Tellerrand hinaus. Es reicht bis zu meiner Weltanschauung. Baden bei Wien. Gasthaus. Gnädige Frau, versichert der Kellner.

Sie müssen auch bestellen. Ein Gast, eine Bestellung. Mir fällt die Sachertorte aus dem Mund.

Der indonesische Präsident Sukarno heilt seine Prostata in Wien. Nun ist der prokommunistische Staatschef ohne Haremsdamen. Besuch des polnischen Kardinals Wischinsky. Diesmal keine Ironie. US-Tourist futtert in der Pferdekutsche türkische Weintrauben. Türkischer Gastarbeiter kaut auf der Straße sitzend Kürbiskerne. James Bond auf der Leinwand legt rothaarigen russischen Agenten aufs Kreuz. Wissen die Herrschaften, daß morgen die Straßenbahner streiken? Es ist so: Es geht ihnen zu gut. Alte sozialistische Arbeiter demonstrieren vor dem Parteihaus. Der Parteiführer kommt heraus, schüttelt jedem die Hand. So flieg, du flammende, du rote Fahne. Jetzt hole ich das Lenin-Abzeichen hervor. Nein, doch nicht.

Ein Polizist folgt mir. Kommt mir nach. Ich beschleunige meine Schritte. Ich laufe. Ich laufe nicht. Das ist verdächtig. Hier bin ich ja Feind. Die Hand des Feindes. Wenn sie mich erwischen. Wenn sie mich befragen. Wenn sie mich durchsuchen. Wenn sie es finden. Ob sie schlagen, oder nur schreien. Vergiß nicht, da drüben vertrittst du nicht nur dich selbst. Zum ersten Mal in meinem Leben habe ich Angst vor Polizisten. Ich werde ihnen ins Gesicht schlagen. Ich als Bürger der Ungarischen Volksrepublik. Oder höhnisch. Nicht so schnell. Ist das ein Rechtsstaat oder ein Polizeistaat. Ich springe in einen Autobus. Ein Glück, daß nur die Straßenbahner streiken. Das Heldentum bleibt mir erspart.

Ach, sagt lächelnd Christa, du kommst wirklich aus dem Ostblock? Wie meinst du das? Du hast eben gesagt, Imperialismus. Sie nippt am Wort. Im-pe-ria-lis-mus.

Christa ist Westdeutsche. Studiert Politologie an der Wiener Uni. Po-li-to-lo-gie. Sie zeigt ihren Paß. Du kannst überall hinfahren? Warum? Du nicht? Bei uns. Bei euch. Besser. Schlimmer. Sie: Rotchina. Ich: Chinesische Volksrepublik. Sie: Comecon. Ich: RGW. Sie: Ostzone. Ich: Du bist schön, Christa, Im-pe-ria-lis-mus, sage ich und umarme sie. Po-li-to-lo-gie, erwidert sie und beugt sich näher zu mir. Möchtest du? frage ich stotternd. Möchtest du mich auch morgen sehen? Abends um acht. Am Amerika-Haus. Sie ist nicht da. Mir ist elend zumute. Mein Freund, ich habe soo ein Girl in Wien gehabt. Wir trafen uns um acht Uhr am Amerika-Haus.

Meine Briefe. Nette Ansichtskarten. Was ich drüben sah. Nicht nur nicht schwächer, sondern stärker. Am Grenzbahnhof warte ich auf Einlaß. Ein zwanzigjähriger Jungpionier. Ein rotgesichtiger Grenzsoldat drückt mir den Stempel auf.

Heimat
Gegen die Versuchung
Er war nicht umsonst, der Kampf
Meine Seele mit roter Krawatte
Hebe ich zu deinem Himmel empor
Mach mit mir, was du willst

Mein Großvater und die Weltgeschichte

Eine Dokumontage

Prolog

Drei Morde in einem Sommer

Spaß mit tödlichem Ausgang. In einem Lokal am Josephs-Ring 70 richtete der Dienstbote Mihály Kovacs aus Spaß eine Pistole auf den Schustergehilfen Miklós Adamesz. Ein Schuß löste sich, die Kugel drang in die Brust des Adamesz, der auf der Stelle verblutete.

Mord wegen Singens slowakischer Lieder. Der zweiundzwanzigjährige Kutscher János Cseh amüsierte sich vergangene Nacht mit ein paar Saufkumpanen in einem Wirtshaus in der Bárkány-Straße und sang dabei slowakische Lieder. Der Tagelöhner József Gulyás wandte sich daraufhin an die Gruppe mit der Aufforderung, doch lieber ungarische Lieder zu singen. In der Hitze der folgenden Auseinandersetzung lief Gulyás auf Cseh zu und schnitt ihm mit einem Messer die Kehle durch. Cseh verblutete auf der Stelle. Gulyás wurde von der Polizei festgenommen.

Politischer Mord am Thronfolgerpaar. Erzherzog Franz-Ferdinand und seine Gemahlin befanden sich in der Stadt Sarajewo auf dem Weg zu einem feierlichen Dankgottesdienst. Als ihr Wagen vom Kai in die Franz-Joseph-Straße einbog, schoß vom rechten Bürgersteig her der serbische Gymnasiast Gawro Princip zweimal auf sie. Die erste Kugel durchschlug den Rücksitz des Automobils, drang in den Hals des Thronfolgers ein und traf die Halsschlagader, daß das Blut aus der Wunde nur so spritzte. Die Polizei verhaftete Gawro Princip und durchsuchte seine Taschen aufs genaueste.

I. Nachdenken

Heute steht fest, daß die absolute Mehrheit der damaligen Mordtaten auf das Leben meines Großvaters keinerlei Einfluß ausgeübt hat. Da sich aber eine der banalen Mordnachrichten als historisch erwies und da den Erinnerungen der Zeitgenossen zufolge der Vorfall von Sarajewo sehr wohl eine Menge mit dem zu tun hatte, was sich nach Sarajewo zugetragen hat, müssen wir dieses Ereignis zum Ausgangspunkt unserer Geschichte nehmen.

Hier die Bilanz eines Wochenendes, aus gewissermaßen vertikaler Sicht: Aus Spaß, wegen Singens slowakischer Lieder, aus politischem Motiv haben ein Dienstbote, ein Tagelöhner und ein Gymnasiast einen Schustergehilfen, einen Kutscher und einen Thronfolger getötet. Alles weist darauf hin, daß mein Großvater, Armin Berliner, Angestellter der Victoria-Dampfmühlen AG, Budapest, 32 Jahre alt, unbescholten und Vater einer Tochter, an diesen Mordtaten nicht nur nicht beteiligt war, sondern sein Leben lang alle Orte gemieden hat, an denen, sei es aus Spaß, wegen Singens slowakischer

Lieder oder aus politischen Gründen, solch unverzeihliche Dinge hätten geschehen können. Die Familie und die Verantwortung für sie nahmen in jener Zeit all seine Kräfte in Anspruch. Schon deshalb ist unwahrscheinlich, daß er sich in seiner knapp bemessenen Freizeit um Dinge gekümmert hätte, die ein vorsichtiger Staatsbürger nicht einmal als Zeuge gerne miterlebt hätte.

Der Überlieferung meiner Familie zufolge erhielt mein Großvater den Einberufungsbescheid zu dem in Trenčn stationierten 71. Honvéd-Infanterieregiment an dem Tage, da »dieses schreckliche Unwetter tobte«. Das war Freitag, der 24. Juli 1914, jener Tag, an dem die Monarchie ihr unerfüllbares Ultimatum an Serbien richtete. Es lohnt sich, einen Blick mit den Augen der Zeitgenossen auf diese Naturkatastrophe zu werfen, um so mehr, als wir über das Wetter noch mehr hören werden.

Professor Aurel Anderko,
Abteilungsleiter im Meteorologischen Institut

Dieser tornadoartige Sturm
Kam aus dem Norden
Über der Nordsee entstand
Ein gewaltiges Tief das
Den ganzen Kontinent überquerend
Den Balkan erreichte
Um 3.45 Uhr ging der Wirbelsturm los
Sein Toben dauerte fünf Minuten
Die Geschwindigkeit des Sturms
War ungeheuerlich
Wie groß sie aber war
Läßt sich nicht genau feststellen

Da der Windgeschwindigkeitsmesser des Instituts
Nur Geschwindigkeiten
Bis zu 18 Meter pro Sekunde anzeigt
Schätzungsweise betrug sie 40-50 Meter
Ein solcher Wirbelwind ergießt sich wie ein Strom
Durch ganze Länder
Und fegt alles hinweg
Was sich ihm entgegenstellt
Der Sturm brachte nur
Wenig Regen mit.

Der Dichter Endre Ady[1]

Es war eine sonderbare
höchst sonderbare Sommernacht.
Unser altes Bienenhaus stand plötzlich in Flammen.
Unser schönstes Füllen brach sich ein Bein.
In meinem Traum war der Tote wieder zum Leben erwacht.
Unser guter Hund Burkus verlief sich,
und unsere Dienstmagd Marie, die Stumme,
hat plötzlich Lieder geschmettert und gellend gelacht.
Es war eine sonderbare
höchst sonderbare Sommernacht.
Die Niemande reckten sich aufgebracht,
der wahre Mensch aber verkroch sich.
Und auch der nobelste Räuber raubte.

Es war eine sonderbare
höchst sonderbare Sommernacht.
Wir wußten, daß der Mensch gebrechlich ist
und sehr viel Güte schuldig bleibt.

Umsonst – er war doch zum Verwundern,
der Umsturz dieser abgelebten, gewesenen Welt.

Spöttischer noch nie der Mond,
elender noch nie der Mensch
als in jener Nacht:
es war eine soderbare
höchst sonderbare Sommernacht.

Trencsén (Trenčn), kreisfreie Stadt im Komitat Trenčn, in lieblicher Umgebung am Ufer der Wag gelegen. Zahl der Häuser (1910) 564, mit 7805 Einwohnern, davon 2997 Ungarn, 925 Deutsche, 3673 Slowaken. Garnisonsstärke 1073 Mann. Die reizvolle, von gewaltigen Burgruinen umgebene Stadt am Fuße eines 320 m hohen Berges macht einen recht vorteilhaften Eindruck. Die bedeutendsten Gebäude rings um den großen Marktplatz sind das Rathaus, das ehemalige Illéshazy-Palais, das dreistöckige Piaristenkloster, die im maurischen Stil erbaute Synagoge, die schöne Nonnenkirche und das imposante Gebäude des staatlichen Lyzeums ... Eine berühmte Sehenswürdigkeit der Stadt ist die bedeutende, 50000 Tiere umfassende, dem Städtischen Museum angegliederte Würmersammlung des Bezirksarztes Dr. Brancsik.

Das Warten

Vor allem schreibe ich Dir meine Adresse: Herr Armin Berliner, Ersatz-Reservist des 71. Infanterieregiments, 2. Ersatzkompanie, Trencsén. Mir geht es gut. Heute morgen habe ich gebadet. Die Lebensmittel, die ich mitgenommen habe, kann ich sehr gut gebrauchen. Wie geht es Euch? Was macht unser teures Töchterchen?[2] Die Zugehfrau soll sich anständig benehmen und Dir die Arbeit erleichtern. Wie ich Dir schon berichtet habe, begegne ich vielen Bekannten, und so habe ich immer einen Gesprächspartner... Ich teile Dir mit, daß es mir bislang gut geht. Bin glücklicherweise Reserveoffizieren zugeteilt, mit denen ich früher zusammen gedient habe. Meine Adresse kennst Du ja, bitte antworte mir umgehend. Ich weiß nämlich nicht, wie lange wir hier noch bleiben, vielleicht würde ich Deine Briefe mit großer Verspätung erhalten. Geh möglichst viel mit unserem Töchterchen spazieren. Ich kann mir vorstellen, wie das arme Kind nach seinem Vati fragt. Doch der Soldat kann seine Familie nicht mit in den Krieg nehmen.

Wenn der ungarische Soldat ins Feld zieht, nimmt er Diana-Tropfen mit und wird damit siegen. Denn Diana-Tropfen sind gut gegen Hitze, Erschöpfung und Wundschmerz.

Ich freue mich, daß Du mir so erschöpfend schreibst. Deine häufigen Berichte sind mir ein großer Trost. Jetzt halte ich mich im Dorf auf, wo die Luft sagenhaft gut ist. Das Dorf liegt in einem Tal. Wenn ich doch noch lange hierbleiben könnte! Mein Gesundheitszustand und Appetit sind ausgezeichnet. Wie geht es unserem süßen Töchterchen? Warst Du schon mit ihm auf der Margarethen-Insel? Wäre es nicht so weit entfernt, könntest Du mich besuchen.

Schreibe mir bitte umgehend die Adresse von Tante Berta.[3] Heute traf ich Erdös, er hat Urlaub bekommen. Was ist mit der Versicherung?

Die Triester Allgemeine Versicherungsgesellschaft bietet Versicherungen für den Kriegsfall mit sofortiger Gültigkeit an. Mach es so wie vereinbart. Ich lese jeden Tag die Zeitungen. In der Gegend gibt es viele Pflaumenbäume, aber die Pflaumen sind noch nicht reif. *Es sollte möglichst viel Obst getrocknet und eingemacht werden.*

Die Ernährung des Landes wäre mühelos gesichert, wenn die Bevölkerung in diesem Jahr mehr Obst für den Winter einmachen würde. Die Obsternte war heuer ausgezeichnet. Vermissen wird man heuer jedoch Backpflaumen und Zwetschgenmus vom Balkan. Deshalb sollten in allen Haushalten möglichst viel Pflaumen und Äpfel gedörrt und eingemacht werden. Wir müssen viel Marmelade kochen, weil diese als vortreffliches Nahrungsmittel hervorragende Dienste leisten wird. Die wohlhabenderen Familien sollten viel Gezuckertes einmachen, denn das wird den kranken und genesenden Soldaten zugute kommen. Das verlangt nicht nur die Vorsorge, sondern auch der Patriotismus.

So viel Bratkartoffeln wie hier habe ich nicht einmal zu Hause gegessen. Hier auf dem Land sind die Kartoffeln viel besser als bei uns. Die Wirtin ist sehr großzügig und nimmt für das Essen wenig Geld. Gestern traf ich im

Schwimmbad einen Bildhauer namens Lanyi. Er versprach mir (er kommt aus Pest), Dich aufzusuchen und Dir von mir zu berichten. Heute gehe ich wieder ins Schwimmbad. Ich nütze die Gelegenheit so lange wie möglich. Wie geht es unserem klugen Töchterchen? Fragt es noch nach dem Vati? Ist bei Euch in Pest auch so eine große Hitze? Gestern haben wir im Park des Gutsherrn gekegelt. Das ist eine schöne Freizeitbeschäftigung für einen Soldaten. Die herrliche Luft vollbringt wahre Wunder. Du würdest staunen, welch gesunde Farbe ich habe. Die Wirtin kocht sehr gut. Einen Kameraden, Freiwilliger, der beim Fabrikanten Manfred Weiss angestellt ist, hat man auf dessen Intervention hin vom Dienst befreit. Und da erzählen sie einem, es gibt keine Ausnahmen!

Auch der Friseur des Königs ist einberufen worden.

Der Arme ist Ersatzreservist und wird nun statt Rasierklingen Bajonette schärfen. Als er seinen Gestellungsbefehl bekam, lächelte er und meinte, er sei doch der Friseur des Königs, der brauche ihn unbedingt und werde die Angelegenheit schon in Ordnung bringen. Ganz vorsichtig hatte er, beim Rasieren ein wenig innehaltend, Seine Majestät daraufhin angesprochen: »Was sagen Eure Majestät dazu, man hat auch mich einberufen!« Der König antwortete lächelnd: »Na, die paar Tage, die der Krieg dauert, rasier' ich mich halt selbst!«

Gehst Du oft mit unserem Töchterchen spazieren? Hilft Dir jemand, den Kinderwagen hinauf- und hinunterzutragen? Gib dem Vize-Hausmeister bitte eine Krone, er wird Dir schon helfen, und das Geld kann der Arme sicher gut gebrauchen.

Drei-Mächte-Kokarden, 20 Filler das Stück, Europakarte im Großformat 2,50 Kronen, Fähnchen von 22 Nationen, in Originalfarben lithographiert, nach Völkern geordnet, zehn Stück pro Tüte. Kriegspostkarten mit deutschen und ungarischen Spottgedichten auf den Feind, nur 50 Filler die Serie.

Ist das Leben in Pest auch nicht zu teuer geworden? Ob die Preise geregelt sind? Ich sorge mich, ob es Euch schwerfällt, zurechtzukommen. Diese Lage ist für uns ziemlich schlimm. Es würde aber nichts machen, wenn ich so schnell wie möglich wieder zu Hause sein könnte...

Ich fahre mit meinem Leutnant im Automobil, wohne auch in einem Zimmer mit ihm, wie lange es dauern wird, weiß ich nicht. Das Geld habe ich erhalten, nimm meinen Dank entgegen. Soweit möglich esse ich keine Kommißkost. Dazu werde ich noch genügend Gelegenheit haben. Ich freue mich sehr, von unserem süßen Töchterchen so viel Schönes zu hören. Erzähl ihm bitte viel von seinem Vati, damit es mich nicht vergißt. Gott gebe, daß es mir weiterhin gut geht. Ich muß schon sagen, daß ich bislang allen Komfort hatte. Es ist eigenartig, daß der Kuchen, für den man in Pest 16 oder 18 Filler bezahlen muß, hier bloß 12 Filler kostet! Dabei schmeckt er genauso gut wie zu Hause! Heute habe ich davon gegessen, und es hat sehr gut geschmeckt.

Montag fahren wir nach Wien, die nächste Adresse werde ich Dir von dort mitteilen. Dort wird es mir sicher sehr gut gehen. Tante Berta wird sich um meine Wäsche kümmern. Gott gebe, daß ich lange dort bleiben kann. Vielleicht kannst Du mich dort besuchen.

Was macht unser süßes Töchterchen? Ach, wie glücklich wäre ich, sie nur für eine Stunde sehen zu können! Das ist natürlich unmöglich ... Mach Dir bitte keine Sorgen um mich. Wie ich schon mehrmals geschrieben habe, geht es mir gut und erfreue ich mich bester Gesundheit.

Heute bin ich nun schon zwei Wochen von zu Hause fort. Ist das nicht eine Ewigkeit? Die Langeweile versuche ich mit Zeitungslektüre zu vertreiben. Du müßtest auch ein wenig Zerstreuung suchen, denn ich ahne, daß Du Dir meinetwegen zu viel Kummer machst. Das brauchst Du doch nicht! Sei ruhig und stark! Es kommen auch wieder bessere Zeiten.

Wer bei Manfred Weiss angestellt ist, kann wirklich von Glück reden! Wenn es doch jemand gäbe, der auch wegen mir intervenieren würde! Aber versöhnen wir uns mit unserem Los. Heutzutage haben auch höhere Menschen ihre Pflicht zu tun.

Die Rabbiner Bojan und Witznitz, die von ungarischen Juden als Wundertäter angesehen werden, sind türkische Staatsbürger. Unlängst erhielten sie Order, sich unverzüglich zum Dienst in der türkischen Armee zu melden. Dieser Aufforderung kam keiner der beiden nach, denn sie lassen sich wegen ihrer Krankheit am Semmering behandeln. Infolgedessen können die beiden in der Türkei als Fahnenflüchtige angesehen werden. Ihre jüdischen Gefolgsleute befürchten nun, daß die Monarchie, die zur Zeit gute Beziehungen zur Türkei unterhält, diese türkischen Untertanen dementsprechend behandeln wird. Die beiden Wunderrabbiner sind körperlich schwach, so daß sie die Strapazen des Militärdienstes kaum ertragen würden. Daher beschlossen ihre Anhänger, eine größere Geldsumme zu sammeln, um Bojan und Witznitz vom Dienst in der türkischen Armee freizukaufen.

Ein paar Millionen Menschen sind ja weit fort von ihren Familien. Es sind bestimmt historische Zeiten, aber hoffen wir, daß sie bald vorüber sind, und dann kann ich wieder nach Hause. Denn das Glück, zu Hause zu sein, kann man nicht hoch genug schätzen.

II. Nachdenken

Was ich von meinem Großvater weiß und was nicht, verhält sich zueinander wie die alten Steine und die modernen Baustoffe bei einem restaurierten Baudenkmal. Und wie die Restauratoren versuchen, die fehlenden Teile eines ehemaligen Tempels oder Brunnens aus ähnlichen Materialien zu ersetzen, so bemühe ich mich, diese mehr als ein halbes Jahrhundert alten Stimmungssplitter zu einem einheitlichen Ganzen zusammenzufügen, obwohl ich weiß, daß mir dies nicht völlig gelingen kann.

Die Briefe meines Großvaters sind durch die militärische Zensur gegangen, so daß sie seine Ansichten über die Ereignisse nicht genau widerspiegeln. Auch die Presse wurde damals kontrolliert, von bewußten »Lügen« oder Falschmeldungen gar nicht zu sprechen. Was mein Großvater, was die damaligen Zeitungen geschrieben hätten, wenn sie ungehindert hätten schreiben können – das ist nicht so wichtig. Zu einem deformierten Zeitalter gehört auch, bzw. erst recht, das deformierte Denken, das deformierte Gefühl. Auch das Verhältnis zur Zeit ist ein Zeitprodukt.

Eins ist sicher: mein Großvater identifiziert sich nicht mit dem Kriegsgeist. Mit jahrtausendealter Gewohnheit akzeptiert er die Gewalt der Macht, und mehr kann man von ihm nicht verlangen. Er erkennt, hartnäckig an seiner Überzeugung festhaltend, nur eine soziale Bindung an: die Familie. Den Krieg begreift er als unabwendbare Naturkatastrophe. Mir erscheint dieses Verhalten konsequenter als die Kriegswut der Arbeiter, Bauern und Kleinbürger, wild geworden vom eigenen Chauvinismus und der Aussicht auf schnelle Beute, konsequenter auch als der schlaue Karrierismus der Intellektuellen mit gebrechlicher Seele. Mein Großvater hat schon recht früh geahnt, daß sich hinter dem Scheinkollektivismus des Krieges die rücksichtslose Zerschlagung der elementaren Lebensbedingungen des kleinen Mannes verbirgt. Und obgleich er in die tieferen Zusammenhänge der Geschehnisse keine Einsicht hatte, lehnte er das falsche Bild des Krieges ab. Was das im August 1914 bedeutete, wird nur klar, wenn wir die damals entstandene oder herbeigeführte Stimmung berücksichtigen.

Selbstmord aus Enttäuschung
wegen Nichteinberufung.

Am Sonntag um drei Uhr nachmittags erschoß sich in der Pavillonkaserne von Debrecen der Sergeant des 39. Infanterieregiments Janos Marton mit seiner Dienstwaffe. In einem hinterlassenen Brief begründete er seine Tat damit, daß sein Hauptmann ihn einer Stelle zugeteilt habe, die bedeutet hätte, zu Hause bleiben zu müssen. Die Schande, nicht ins

Feld zu ziehen, glaubte er indes nicht überleben zu können. Das Begräbnis findet morgen mit militärischem Zeremoniell statt.

Auf dem Budapester Hauptpostamt erschien gestern ein erregter Geschäftsmann. Er wollte zwei Telegramme aufgeben, das eine an den k.u.k. Generalstabschef, das andere an den Generalstabschef der deutschen Armee. Der Text der beiden Depeschen war identisch: Bin riesig aufgeregt, bitte nicht über Warschau vorrücken. Die Telegramme wurden selbstverständlich nicht weitergeleitet, obgleich der verzweifelte Mann betonte, daß die Russen unsere Armeen über Warschau in eine Falle zu locken suchten, und daß er es für seine Pflicht hielt, die Chefs der Generalstäbe darauf aufmerksam zu machen.

Verehrte Kundschaft! In den letzten Tagen wurde ich oft gefragt, ob es Lieferungsschwierigkeiten bei Lebensmitteln geben werde. Meine werten Kunden können versichert sein, daß meine Firma Ihren Wünschen stets wird nachkommen können. Es gibt keinen Grund zur Beunruhigung. Wir verfügen über reichliche Vorräte. Wir sind ein leistungsstarker Staat und waren nur selten auf Importe angewiesen. Den wohlhabenderen Familien darf ich empfehlen, in diesen schwierigen Tagen ein wenig bescheidener zu leben. Das sage ich aus Sorge um die Zukunft, aber in der sicheren Hoffnung, daß wir wenige Monate später auf das reichlichste entschädigt werden. Schon jetzt aber möchte ich die Aufmerksamkeit unserer geschätzten Kundschaft auf etwas anderes lenken. Bald werden wir die Nachfrage nach einer gewissen Ware zu spüren bekommen. Der Sieg unserer ruhmreichen vereinten Armeen wird uns schon bald eine große Freude bereiten, der wir auch Ausdruck verleihen wollen. Infolge der Siegesbeleuchtung unserer Stadt wird es, wie ich glaube, bald einen gewaltigen Mangel an Kerzen geben. Diese Ware sollten sich meine geschätzten Kunden umgehend beschaffen, solange der Vorrat reicht.

Mit verbindlichen Empfehlungen
Nándor Horváth
vorm. Mihály Löwenstein

Vor der Musterungskommission erschien ein schon recht ergrauter Mann. »Bitte, ich bin zwar schon fünfzig, will aber doch einrücken. Ich bin nicht schwächer als ein Vierzigjähriger.« Der Offizier entgegnete barsch: »Wenn Sie schon Soldat werden wollen, so sollten Sie wissen, daß man nicht mit den Händen in der Hosentasche vor die Kommission tritt!« Der Mann lief puterrot an und stotterte verzweifelt. Schließlich nahm er die Hand aus der Tasche, und die Kommission sah zu ihrem Erstaunen, daß er an der Hand nur einen Finger hatte. Der arme Mann entschuldigte sich fast unter Tränen: »Der Mähdrescher hat sie mit abgeschnitten... Aber ich kann auch mit diesem einen Finger den Abzughahn bedienen.«

Kein Soldat der Monarchie, der heute nicht siegesdurstig auf seinem Posten steht! Heute will jeder mit Kampfbereitschaft glänzen, um zum Geburtstag unseres Königs Franz-Joseph das kleine Geschenk des Siegesblümchens überreichen zu können.

Das »Casino de Paris« heißt ab heute »Casino Gasthaus«!
Aus Anlaß des Geburtstags Seiner Majestät
Festlichkeiten. Feuerwerk.

Dem großen Greis, Arthur Görgey[4],
sind wir gestern in voller Blüte,
körperlich fast ein junger Mann,
seelisch und geistig frisch und munter,
erstaunlich munter begegnet!
Beim erlöschenden Sonnenschein
seines Lebens
ist es Görgey gegeben
die große Genugtuung
der Nation zu sehen.
Unsere heldenhaften Armeen
schlagen und jagen die Russen
auf dem Gebiet des Zarenreichs.
Welche wunderbare Schicksalswende!
Die schöne, herrliche Revanche!

Und aus dem Munde von Arthur Görgey
hörten wir gestern diesen fast gebetartigen,
glücklichen, dankbaren Seufzer:

»Jetzt allerdings weiß ich
warum ich so lange leben mußte!«

Aktuelles vom Kriege in Liedern und Szenen. Im »National-Orpheum«, früher »Royal Orpheum«, allabendlich große Schauspiel- und Varietévorstellungen. Doppeltes Programm zum halben Preis! Im »Wintergarten«, früher »Jardin d'Hiver«, allabendlich sensationelle Vorstellungen, vorzügliches Tanzprogramm sowie Aktuelles vom Kriege in Liedern und Szenen.

Dem demonstrativ geäußerten Wunsch des Publikums unserer gestrigen Vorstellung entsprechend, werden in unserem Theater ab Montag französische Filme nicht mehr zur Aufführung gebracht.

Die Direktion des
Lichtspielhauses
TIVOLI

Hausfrauen!

Boykottieren wir russische und englische Teesorten! Kauft ab heute nur noch die seit Jahren bewährte und anerkannte ungarische Teespezialität, den Pekarek-Tee! Verlangt in allen Fachgeschäften der Monarchie ausdrücklich nach Pekarek-Tee!

Wer auf seine Französisch-Kenntnisse stolz ist oder durch Verwendung der französischen Sprache eine edle Herkunft vortäuschen will, sieht schlechten Zeiten entgegen.

In einem Wiener Lokal saß eine vornehme Gesellschaft, die sich anfangs auf deutsch unterhielt, später die Konversation aber auf französisch führte. Nach geraumer Zeit wandte sich ein Herr vom Nachbartisch an sie mit den Worten: »Ich würde Ihnen raten, lieber nicht französisch zu sprechen. Warten Sie doch bessere Zeiten ab!« Dem hielt einer aus der Gesellschaft entgegen, er lasse sich von niemandem etwas vorschreiben, er spreche die Sprache, die ihm am besten gefalle. Im Nu empörten sich aber die anderen Gäste des Lokals und zwangen die Tischgesellschaft binnen weniger Minuten zum Rückzug.

Pistike Dénes, fünf Jahre alt, Kindergartenzögling, Sohn eines pensionierten Notars, erzählt:

Gestern wurde ich zum Serben gewählt. Die Kinder haben sich alle auf mich geworfen und mich geschlagen. Der Silberberg, das war der General. Er ist nämlich der größte von uns. Also, zuerst haben sich die ungarischen Soldaten auf mich gestürzt. Dabei haben sie »Auf, auf, Soldaten, zur Schlacht!« gesungen, und dann haben sie geschrien: »Hoch das Vaterland!« und »Es lebe der König!« Als der Krieg zu Ende war, haben wir Verwundete gespielt. Die Waffen, das waren die Verwundeten, die haben wir ins Lazarett getragen, was im Hof in der Ecke war. Und da sind auch die Mädchen gewesen, die haben Kies in die Töpfe getan. So haben sie für die Soldaten das Mittagessen gekocht.

Diejenigen Kaffeehausbesitzer, die noch zu ruhigen Friedenszeiten mit kühner Phantasie schönklingende Namen für ihre Cafés von der Weltkarte herausgesucht hatten, müssen ihrem Einfallsreichtum erneut die Sporen geben, um neue Namen für die alten zu finden. Diese besorgten Cafébesitzer hatte der Eigentümer des »Café Japan« bis gestern mit ironischer Gelassenheit betrachtet. Er ließ sich beglückwünschen, so umsichtig gewesen zu sein, für sein Etablissement einen Namen aus dem fernen Ostasien gefunden zu haben. Gestern stellte sich aber heraus, daß auch Japan dem großen Lager der Feinde der Mittelmächte beigetreten war. Ab jetzt soll das »Café Japan« den Namen des verstorbenen Architekten Edmund Lechner tragen.

Ein Leser weist uns darauf hin, daß die Wassermelone, die in Ungarn »griechische Melone« heißt, nicht mehr »griechisch« genannt werden sollte, da sich die Griechen uns gegenüber äußerst verdächtig benehmen. Und da die Wassermelone außen rot-weiß-grün und innen schwarz-weiß-rot ist, sollte sie, der Empfehlung unseres Lesers entsprechend, »Mittelmächtemelone« genannt werden. So gut dieser Vorschlag auch gemeint ist, man sollte mit seiner Verwirklichung noch einige Wochen warten, da die Melonensaison ohnehin nur ein paar Wochen dauert und die Griechen in dieser Zeit ihre Einstellung wahrscheinlich ändern werden, sobald sie nämlich von den großartigen Siegen der Verbündeten Kenntnis erhalten haben.

Serbisch-Ungarisches Taschenbuch der Conversation. Dies Büchlein wurde noch im Juli für unsere kämpfende Truppe in der Hoffnung gedruckt, unsere Soldaten mögen bald auf serbischem Gebiet stehen und dann die Möglichkeit haben, mit der serbischen Bevölkerung zu sprechen.

– Geben Sie mir etwas zu essen!
– Geben Sie mir etwas zu trinken!
– Ich bezahle alles. Wenn Sie es mir nicht geben, nehme ich es mir mit Gewalt!
– Zuerst trinken Sie davon!
– Geben Sie mir ein besseres Zimmer!
– Alle müssen das Haus verlassen. Treiben Sie alle Ochsen und Kühe auf den Marktplatz!
– Zeigen Sie mir die reichen Leute!
– Wer etwas versteckt, wird bestraft!
– Sagen Sie die Wahrheit, oder wir nehmen Sie als Geisel!
– Wenn Sie versuchen fortzulaufen, erschieße ich Sie!
– Wenn Sie die Waffen nicht abgeben, erschieße ich Sie!

Der Dichter Ernö Szép:

Den Sohn der serbischen Hölle, dessen Name noch unsere Enkel zitternd hören werden, fanden wir unter den Verwundeten, man ließ ihn jedoch am Leben. Er ist Gefangener, wird hier wie ein wildes Tier verwahrt. Wir stehen ihm gegenüber und schauen uns dieses gelähmte Monster an, fragen ihn nach seinem Namen:

»Luka Civkovic.«
»Wie alt sind Sie?«
»Achtunddreißig.«
»Haben Sie Familie?«
»Nein.«
»Ihr Beruf?«
»Ich arbeite beim Straßenbau.«

Der Arzt droht ihm aus Spaß mit dem Finger, man werde ihm die Ohren und die Nase abschneiden. Die verwundeten ungarischen Soldaten um uns herum lächeln, der Serbe indes sieht den Arzt mit finsterem Blick an. Er glaubt tatsächlich, daß man ihn hier verstümmeln will. Das hält er für ganz selbstverständlich.

III. Nachdenken (Meine Großmutter 1964)

Damals war sie schon sehr krank. In unseren Alltagsgesprächen tauchte immer häufiger ein sonderbares, wunderschönes Wort auf: Arteriosklerose. Wann immer dieses Wort fiel, entstand eine fast andächtige Stille. Es klang anders als die elende, erniedrigende Banalität jener Formulierungen wie »mein Herz«, »ich hab's mit dem Herzen«, »herzkrank«, anders als die etwas beschönigende Bezeichnung »Luftdurst« für nächtliche Atemnot, und anders auch als der ordinäre Fachausdruck »Blutdruck«. Das Wort »Arteriosklerose« klang feierlich, wie eine hohe staatliche Auszeichnung für ein halbes Jahrhundert von Arbeit und Einsamkeit. Es war die Berufskrankheit desjenigen, der sich mit Alltagssorgen herumplagen muß, sie ließ uns die ständige Präsenz des Todes in jeder Geste meiner Großmutter als etwas Natürliches und Gewöhnliches erscheinen.

Meine Großmutter, die Witwe des Armin Berliner, war bis zu ihrer Pensionierung als Hilfsarbeiterin bei der Igelit- und Regenmantelgenossenschaft beschäftigt. Sie war eine sehr kluge Frau, von untersetzter Figur und energiegeladenen Bewegungen. Redete sie streng, dann wurde diese Schärfe durch ein warmes Funkeln der Augen gemildert. Verwandte und Bekannte liebten sie, achteten sie und fürchteten sich auch ein wenig vor ihr. Mit einem Wort oder einem Blick konnte sie jeden Menschen ziemlich sicher beurteilen. Es war seltsam, mitanzusehen, wie verhutzelte alte Frauen im Gespräch mit ihr manchmal wie Backfische vor Scham erröteten. In ihrem Betrieb war sie es, die beinahe vorschrieb, welche Meinung die Frauen dort zum Kalten Krieg, zum Stücklohn der Heimarbeiterinnen, zu den Wetteraussichten oder zu den Familienkonflikten haben sollten. Diese zum Herrschen geborene Frau war zeitlebens stolz darauf, in ihrer Jugend öfters mit Zita, der Frau Karls IV., verglichen worden zu sein.

Sie konnte vieles, was ihre Zeitgenossen und Schicksalsgefährten nicht konnten (z. B. korrekte Gesuche aufsetzen), und übernahm in jener kurzen Phase ihres Lebens, da sie sich voller Vertrauen der Politik zuwandte, das Verfassen der Rechenschaftsberichte des Gewerkschaftssekretärs. Ihre Worte fanden bei den Parteimitgliedern der Igelit- und Regenmantelgenossenschaft nicht selten anerkennendes Interesse. Wäre sie damals zwanzig Jahre jünger gewesen, hätte sie bestimmt irgendeine verantwortungsvolle Funktion übernommen. Dies verhinderten jedoch ihr Alter und familiäre Probleme. Nach 1956 machte sie auch mit dieser halben politischen Tätigkeit Schluß: der neugegründeten Kommunistischen Partei trat sie nicht bei. Sie setzte keinen großen Glauben in Politik und Politiker, machte immer eine skeptische Handbewegung, wenn allzu linientreu auf sie eingeredet wurde, nahm das neue System jedoch in Schutz, sobald es unsere Verwandten, die sich in ihren religiösen Empfindungen oft gekränkt fühlten, anzugreifen schienen.

Auch ihr Gottesglaube war seltsam janusköpfig. Sie dachte an Gott wie an eine weit entfernte und nicht sonderlich verläßliche höhere Gewalt. Sie glaubte, daß es ihn gibt, traute ihm aber nicht. Sie fand richtig, daß meine Mutter den sonntäglichen Gottesdienst besuchte, verstand aber auch meinen heftigen, unduldsamen Atheismus. Möglicherweise dachte sie, daß eine Gottheit, die andauernd bedingungslose Treue fordere, ihre elementaren Pflichten jedoch vernachlässige, nichts anderes verdient habe.

Sie schätzte Ordnung, und deswegen hörte sie auch nicht auf die Empfehlung des Arztes, möglichst viel zu ruhen und Hausarbeit tunlichst zu vermeiden. Vor der Logik des allmählichen Sterbens beugte sich die Tat, wenngleich der Wunsch nach Betätigung blieb. Ich sehe meine Großmutter auf dem Sofa sitzen, zwischen Krampflösern, Kräftigungs- oder Beruhigungsmitteln, sich auf den rechten Ellbogen stützend, wie sie mir die Liste meiner Reiseausrüstung diktiert. Es ist Ende August: tags darauf werde ich nach Moskau fahren, zum vierten Jahr an der Universität. Vier langärmelige Hemden mit eingenähtem Monogramm, daneben die Manschettenknöpfe, auch die beiden Rasiercremes soll ich nicht vergessen sowie die Pullover und die warme Jacke, damit ich mich im rasch abkühlenden russischen Herbst um Gottes willen nicht erkälte.

»Erkälte dich nicht, mein Liebes, zieh lieber noch einen Pullover an«, sagte meine Großmutter, und manchmal klang es wie eine alte Lebensweisheit: »Das Wetter ist trügerisch.« Diese Ermahnungen, die ich von früher Kindheit bis in die Pubertät tagtäglich zu hören bekam, sitzen so tief in meinem Bewußtsein, als wären sie keine praktischen Ratschläge, sondern irgendwelche allgemeingültigen philosophischen Maximen. Sie machen mir die Großmutter von 1964 und von 1914 verständlicher, ihre Furcht vor Kälte und ihre sinnlose Angst um mich bekommen so eine historische Dimension.

Der schnell kühler werdende russische Herbst, den sie selber nie erlebt hat, durchdrang all ihre Nerven, ihre geschwächte Muskulatur und ihre Blutgefäße. In ihrer Beklommenheit und Sorge konnte man zuweilen einen unbekannten Wind flüstern hören. Sie schätzte die Ordnung um sich herum – vielleicht, weil sie in einer beschädigten, teilweise irreparablen Welt lebte, und jetzt, da das Leben immer mehr die Form des Sterbens annahm, lag sie dort, auf den rechten Ellbogen aufgestützt, bereit, vor jemandem Rechenschaft abzulegen, um sagen zu können: solange die Kräfte reichten, fege sie auch unter dem Schrank Staub, gemessen an den Verhältnissen sei der Gasherd blitzblank, die Spinnweben würden, wo erreichbar, weggewischt, und es sei nicht ihre Schuld, wenn sich die Außenwelt in diese beharrlich aufrechterhaltene Ordnung nicht mehr einfügen wollte.

Wie hat meine Großmutter wohl vor einem halben Jahrhundert ausgesehen, eine auf Umarmungen wartende, verliebte junge Frau, an die der Großvater so gewissenhaft geschrieben hatte? Wie hat sie wohl ausgesehen, als sich ihre Arteriosklerose noch nicht gemeldet hatte? Oder steckten diese irreversiblen Veränderungen ihres Organismus schon als abstrakte Bedrohungen verborgen in den Fakten der Außenwelt, in den Tagesnachrichten, in den Privatbriefen?

Ich verbringe hier die Zeit in der Kaserne und langweile mich. Das also soll das schöne Soldatenleben sein! Ach, wenn es wenigstens Bekannte gäbe, mit denen man sich richtig unterhalten kann. Es macht aber nichts. Bald fahren wir nach Wien. Dort besuche ich Tante Berta. Bei ihr werden wir uns treffen! Auf diesen Augenblick freue ich mich schon jetzt! Ach, wie schön wäre es, wenn Du auch unser Töchterchen mitnehmen könntest! Natürlich ist das unmöglich. Gebe Gott, daß ich lange in Wien bleiben kann. Dort lasse ich mich photographieren. In Wien werde ich auch meine schlechten Zähne in Ordnung bringen lassen. Ich brauche unbedingt eine Krone. Der eine Zahn begann schon ordentlich weh zu tun. So stopfte ich ihn mit Watte aus, das half.

Vergessen Sie nicht, beim Einrücken die Egleo-Zahnpasta mitzunehmen, sie ist unentbehrlich für die Pflege der Zähne und der Mundhöhle.

Jetzt habe ich keine Zahnschmerzen mehr.

Außer Zeitungen gibt es hier nichts zu lesen. In Wien wird es aber ganz anders. Auch mein Leutnant ist verheiratet und hat einen kleinen Sohn. Sehr viele verlassen heutzutage ihre Familien, aber es ist fraglich, wie viele zurückkommen. So ist nun mal das Leben. Das Wetter ist hier ganz plötzlich umgeschlagen. Wie ist es bei Euch? Wie ist das Wetter in Pest? Was das Baden angeht, so kannst Du ganz beruhigt sein. Ich bade nur, wenn die Sonne scheint, und danach frottiere ich mich richtig ab. Mach Dir also keine Sorgen, bei sonnigem Wetter ist das Baden keineswegs gefähr-

lich. Wäre Trencsén nicht ein so langweiliges Nest, ich würde mich ganz wohl fühlen. Jetzt aber hocke ich allein auf der Stube. Wer weiß, wie lange das noch dauert? Na ja, das Wetter ist regnerisch und kühl. Was Deine Reise nach Wien angeht, so bestehe ich darauf. Wenn es gar nicht anders geht, brauchst Du mir das Reisegeld nicht zu schicken. Es ist die letzte und beste Gelegenheit, uns zu sehen. Wer weiß, wann wir uns sonst sehen könnten. Du kommst zu Tante Berta, und dort treffen wir uns. Es wird sehr schön werden in Wien. Wir werden ein paar glückliche Tage dort verbringen. Sorge Dich nicht um mich, denn es ist schon der 18. August, und es geht mir noch immer gut.
In Wien wirst Du sehen, welche gesunde Gesichtsfarbe ich habe, und kräftiger bin ich auch geworden. Gestern hatten wir den ganzen Tag Sonne, und auch heute ist es schön. Wäre das Leben hier nicht so langweilig, wäre diese Reservestellung einen Urlaub wert. Aber ohne Euch ist es ein trauriger Urlaub. Ich bin schon drei Wochen hier, das reicht, finde ich. Gern wäre ich in Wien.
Gestern ging ich im Park spazieren und sah, wie dort Tennis gespielt wurde. Ach, was habe ich diese Leute beneidet! In so ernsten Zeiten finden sie Zerstreuung, und unser Los ist die Langeweile. Aber das wird ganz anders in Wien. Du mußt mich dort unbedingt besuchen kommen, sonst weiß ich überhaupt nicht, wann wir uns noch werden sehen können. Es ist äußerst wichtig, daß wir uns dort sehen, und daß Tante Berta dort wohnt, ist doch ein ausgezeichneter Anlaß!
Du schreibst, ich soll Urlaub beantragen. Das ist eine sehr heikle Frage. Schau, mein Liebes, auch der Leut-

nant ist Familienvater, und doch fiele ihm nicht ein, Urlaub zu beantragen. Gewiß könnte er für mich ein paar Tage durchsetzen, was aber eindeutig ein Mißbrauch seines Vertrauens wäre. Also versuche ich es gar nicht erst. Wir sollten uns keinerlei Privilegien herausnehmen, denn deshalb werden wir Juden ja leicht abgelehnt.
In meinem gestrigen Brief habe ich Dir genau erklärt, wie Du mich in Wien besuchen kannst. Mein Liebes, beherzige es bitte, wir haben keine andere Möglichkeit, uns zu sehen.
Ich habe ein bequemes Bett, und dort essen wir auch, wie schon erwähnt. Das Wetter ist sehr günstig, und wenn es kälter wird, ziehe ich meinen Militärmantel an. Du kannst also ganz beruhigt sein. Ich gebe Dir rechtzeitig Bescheid, wann wir nach Wien fahren. Und dann treffen wir uns bei Tante Berta, ja?
Verstehst Du denn nicht, daß ich den Urlaub nicht jetzt beantrage, obwohl ich ihn bekommen könnte, einfach weil die Reise zu viel Geld kostet, das ich im Moment nicht habe? Ich muß mit dem Geld jetzt sparsam umgehen, damit ich das Essen bezahlen kann. Außerdem kann ich deswegen nicht nach Hause fahren, weil schon allein die Reise die Hälfte der verfügbaren Zeit beanspruchen würde. Von den drei Tagen würde also fast nichts übrig bleiben. Sobald Du am Ersten mein Gehalt bekommen hast, reist Du nach Wien. Ich betone erneut, daß dies die einzige Möglichkeit ist, uns wiederzusehen! Oder willst Du etwa so lange warten, bis ich endgültig beurlaubt bin???
Ob aus dem Besuch in Wien wohl etwas wird? Mit der Tatsache, daß Du den Kinderwagen noch immer hin-

auf- und hinunterträgst, bin ich nicht sonderlich einverstanden. Ich finde, so sparsam brauchst Du wiederum nicht zu sein! Wenn Du mich besuchen willst, mußt Du Dir beim Magistrat einen Ausweis ausstellen lassen, ohne den Du nicht reisen kannst.
Du sagst, ich sollte unbedingt Urlaub beantragen. Habe ich Dir denn nicht geschrieben, daß ich damals kein Geld mehr hatte? Es blieb mir nur noch so viel, um das Essen bezahlen zu können, und der Rest hätte nicht gereicht. Ich darf jetzt nicht sehr viel ausgeben, denn es wird Euch fehlen. Wer Urlaub bekommt, ist nämlich verpflichtet, die Reisekosten zu tragen. Bitte schreib Deinen nächsten Brief an diese Adresse: Frau Berta Berliner, Wien II, Dampfschiffstraße 17. Übermorgen bin ich schon in Wien. Dort geht es mir hoffentlich besser. Unmittelbar nach der Ankunft werde ich Tante Berta aufsuchen. Wie lange ich bleibe, weiß ich nicht. Aber einen Monat bestimmt. Das Wetter ist ausgezeichnet. In Wien ist hoffentlich auch schönes Wetter.

Der Korrespondent der »Trencséner Blätter«
meldet am 27. August 1914

Der Zug auf dem Bahnhof
steht zur Abfahrt bereit.
Die Lokomotive raucht und schnauft.
Schnell besteigt
der Stab unseres 71er Hausregiments
die leeren Waggons.
Nirgends ein Anzeichen
von Angst oder Kummer

Die Märsche begeistern ungemein.
Sie begeistern das Geleit
die ganze Gesellschaft der Stadt Trencsén
und ihre Damen
Unsere vereinte
grenzenlose Begeisterung
findet in den geistreichen
gefühlvollen, energiegeladenen
beruhigenden und begeisternden Worten
mit denen Stadtvorsteher Geheimrat Gyula
Szalavszky
das ins Feld ziehende 71er Infanterieregiment,
Mannschaften und Offiziere,
verabschiedete,
ihren würdigen Ausdruck.

IV. Nachdenken (Das Wetter)

Über Truppenbewegungen oder zu erwartende Kampfhandlungen durfte der Soldat natürlich nichts schreiben. Manche füllten ihre Briefe mit patriotischen Worten, als wären sie direkt an den Zensor gerichtet, andere beschränkten sich auf lakonische Mitteilungen privater Natur. Um die Arbeit der Zensoren zu erleichtern, wurden nach einer gewissen Zeit sogar fragebogenartige Feldpostkarten verteilt, auf denen die folgenden Wörter schon vorgegeben waren:

Liebe (teure) . . .
Ich teile Dir mit, daß
mein Allgemeinbefinden . . .

meine Gesundheit...
das Wetter...
Mein Wunsch...
Es grüßt (umarmt/küßt) Dich...

Mein Großvater versuchte, positive Aspekte der Situation aus der jeweiligen Wetterlage abzuleiten. In seinen Briefen wimmelt es von meteorologischen Standardfloskeln: »Das Wetter ist sehr günstig... Hier ist herrliches Wetter... Es herrschte wunderbarer Sonnenschein...« Daraus leitete er auch seine eigene Verfassung ab: »Die gute Luft verfehlt nicht ihre Wirkung... Ich habe schon kräftig Farbe bekommen... Mir geht es gut...« oder in hölzernem, amtlichem Tonfall: »Ich teile Dir mit, daß ich mich der besten Gesundheit erfreue.« Damals wurden in den Zeitungen noch keine regelmäßigen Wetterberichte veröffentlicht, so daß die Mitteilungen über Sonnenschein, Niederschläge und Luftbewegungen in diesen Briefen ganz und gar privater, intimer Natur sind. Dies ist Großvaters Art, auf die Ermahnungen der Großmutter zu reagieren, die (fünfzig Jahre später habe ich sie selbst oft genug zu hören bekommen) nur etwa so klingen konnten: »Erkälte Dich nicht, mein Liebes!«, »Zieh lieber noch einen Pullover an!« oder wie eine alte Lebensweisheit: »Das Wetter ist trügerisch.« Das übertriebene Loben des für die Jahreszeit ansonsten unangemessenen Wetters verstärkt nur die Besorgnis, die aus seinen Briefen dann herauszuspüren ist, wenn er zum Wetter weniger zuversichtliche Banalitäten zu melden hat:

»Plötzlich schlug das Wetter hier um«, schreibt er einmal und läßt hier schon ein inneres Frösteln ahnen. Ein andermal heißt es: »Na ja, das Wetter ist regnerisch und kühl.« Dieses »Naja« läßt auf eine bedrücktere Stimmung schließen, als sie ein kühler Augustregen hervorzurufen vermag.

Anfang des Jahrhunderts (teilweise aber noch in meiner Generation) war der kleine Mann viel zu warm angezogen, so, als wolle er sich vor Kälte, vor seinen Instinkten, vor großer Beweglichkeit und überhaupt vor Kontakten mit der Außenwelt schützen. Weil der kleine Mann den historischen Kräften ohnmächtig gegenüberstand und sie nicht einmal begreifen konnte, nahm er sein Ausgeliefertsein (in diesem Falle dem Krieg) als Naturkatastrophe hin, gegen die aufzubegehren nur möglich war, wenn sie auch äußerlich als solche zu erkennen war. In dieser leicht entzündlichen, doch nur schwer zu heizenden Welt sahen sich die ahnungslosen Kleinbürger von der Horrorvision der Großen Erkältung verfolgt. Das physische Verderben war in ihren Augen ja nur eine logische Konsequenz der Gefahren, die in den verborgenen Winkeln ihrer Umgebung auf sie lauerten und von denen die Kälte noch am leichtesten abwendbar zu sein schien.

Daher die strenge Ermahnung meiner Großmutter, nur bei warmer Witterung zu baden, und der gleichen Maxime folgt mein Großvater, wenn er erklärt, daß Urlaub nur dann zu beantragen sei, wenn feststehe, daß er auch bewilligt werde. Das Leben als ewige Gefahr. Unsere Bedürfnisse haben wir also mit dem Umstand zu versöhnen, daß sie sich nicht befriedigen lassen.

Dies ist jedoch nur die Meteorologie des Alltags. Das Schlimmste, das Kriegswetter, dauerte an. Der kleine Mann – der pathetisch den Helden Spielende wie der sich passiv Ekelnde – stand ohnmächtig im Schlachten*sturm* und machte im Kugel*regen*, im Bomben*hagel* und im Kanonen*donner* bittere Erfahrungen, die er fortan nicht mehr vergessen sollte, auch nicht in Friedenszeiten. Bald würde er wissen, daß es ein Bad bei Eiseskälte bedeutet, wenn die Beziehungen zwischen den Mächtigen sich *abkühlen* und die internationale Atmosphäre *unter den Gefrierpunkt sinkt*. Die Frauenhand knöpft, sicher ist sicher, den Mantel des Einrückenden bis zum Kragen mit zärtlicher Entschlossenheit zu, damit, wenn sie sich schon trennen müssen und der Mensch nicht mehr Mensch sein darf, er sich wenigstens nicht erkältet.

Der ausgebliebene Abschied

Du wirst schon sehen
Du wirst Dich wohlfühlen in Wien
Tante Berta ist so gastfreundlich
Ich hoffe
Du machst Dich umgehend auf den Weg
Ich bitte Dich
Komm möglichst schnell
Ich bin so ungeduldig
Erwartete Deine Depesche
Zwei Tage lang
Habe ich keinen Brief geschrieben
Wenn Du mich sehen willst
Komm schnell
Kann sein daß Du da bist
Ich aber schon längst weg bin

Wien, den 28. August 1914. Ich teile Dir mit, daß es mir ganz ausgezeichnet geht. Tante Berta habe ich schon zweimal besucht. Heute nahm sie mir die schmutzige Wäsche ab. Die Fahrkarte hast Du inzwischen schon erhalten, komm also bitte, komm gleich. Laß Tante Berta wissen, wann Du ankommst. Erkundige Dich, wann das Schiff nach Wien abfährt, damit Du es nicht verpaßt. Du wirst 1. Klasse fahren und ausgezeichnet schlafen. Eine Schiffsreise ist viel besser als eine Bahnreise. Tante Berta hat eine wunderschöne Wohnung: zwei gleich große, zur Straße hin gelegene Zimmer, ein herrliches Badezimmer mit zwei Fenstern sowie eine große Küche. Tante Berta hat mich für morgen zum Mittagessen eingeladen. Sonst esse ich in der Kaserne.

Die Frau des Leutnants hat nicht lange überlegt, sie ist schon mit dem Sohn hier. Ich teile Dir mit, daß mir das Geld ausgegangen ist, selbst die 1 Krone 60 Filler, die ich von Tante Berta geliehen habe. Mit dem Inhalt Deines Briefes bin ich äußerst unzufrieden. Mich ärgern Deine Ausflüchte. Komm gleich, sonst ist es zu spät. Ich weiß nicht, wie sich die Lage entwickelt, aber möglicherweise rücken wir früher aus als geplant.

Das machtvolle, triumphale Vordringen der Deutschen in Frankreich läßt vielen unverständlich erscheinen, warum die deutsche Heeresleitung nicht eine ähnlich kraftvolle Offensive im nordostdeutschen Raum vorträgt und den Russen daher ermöglicht, Insterburg zu bedrohen. Die Öffentlichkeit, gewöhnt, nur von Siegen zu hören, nimmt jede Nachricht, in der nicht von Vorstößen und Eroberungen die Rede ist, mit Mißtrauen und Besorgnis auf. Allgemein herrscht die Befürchtung, die Russen könnten bis Königsberg vordringen, eine absurde Vermutung, die jeder Grundlage entbehrt. Die deutsche Heeresleitung bereitet die Öffentlichkeit schon jetzt darauf vor, daß es dem Feind gelingen könnte, in diesem Gebiet Fuß zu fassen, da man weder Zeit noch Truppen damit verschwenden will, Königsberg zu verteidigen. Deshalb braucht sich um Königsberg niemand Sorgen zu machen, vielmehr sollte jedermann sein Hauptaugenmerk in die Richtung lenken, aus der die wichtigsten Ereignisse zu erwarten sind: auf die russischen und französischen Kriegsschauplätze.

Mein Liebes,
wenn mein Brief ankommt, wirst Du schon die Depesche von Tante Berta erhalten haben. Wenn Du Dich gleich nach dem Erhalt des Billetts auf das Schiff begeben hättest, hätten wir uns noch sehen können. Ich glaube Dir, daß es Dir schwerfiel, und wenn es Dir überhaupt möglich gewesen wäre, wärst Du heute schon hier. Ab heute sind wir marschbereit. Das heißt, daß wir jederzeit ausrücken können. Schicken wir uns in unsere Lage. Ich ziehe niedergeschlagen und in der Seele verwundet los, hoffe jedoch, daß wir uns mit Gottes Hilfe wiedersehen werden.

Armin

Die Münchner Medizinische Wochenschrift schreibt:

Zwischen Verwundungen
des Friedens und des Krieges
besteht nur ein quantitativer Unterschied,

denn im wesentlichen handelt es sich
um dieselben Grundsätze der Wundbehandlung,
wenngleich die Methoden der Wundbehandlung
den besonderen Verhältnissen des Krieges
angepaßt werden müssen.
Dementsprechend ist
die Chirurgie der Kriegszeit
in ihren Grundzügen nicht anders als
die Chirurgie im Frieden, wenngleich
der Anlaß für einen chirurgischen Eingriff
innerhalb des Operationssaales
anderer Natur ist
als außerhalb.
Die Lehre, die besagt, es sei
vor allem die im Körper gebliebene
Kugel zu suchen und zu entfernen,
ist abzulehnen, denn
die Mutmaßung, das Eitern bei Schußwunden
werde von Fremdkörpern verursacht,
ist falsch
und unbegründet.

Vorläufig weiß ich noch nicht, wohin wir ausrücken werden. Ich habe mich von Tante Berta verabschiedet und erhielt von ihr die saubere Wäsche. Morgen schreibe ich Dir, wieviel ich ihr schulde, und Du schickst es ihr per Post. Ich weiß nicht, wann wir von hier weg müssen. Schon heute darf ich die Kaserne nicht mehr verlassen, da wir jede Minute ausrücken können.
Tante Berta schulde ich für die Wäsche und die Depesche insgesamt fünf Kronen zwei Filler. Schicke ihr

diesen Betrag bitte per Post. Gott sei mit Euch, meine Lieben!

Ich bin noch immer unterwegs. Ich fahre im Gepäckwaggon, wir sind nicht viele hier, fast alle entstammen der besseren Gesellschaft. Ich konnte kaum schlafen, fühle mich aber frisch und munter. Heute morgen konnte ich mich in einem Waggon 2. Klasse waschen. Nachts war es kalt, ich habe mir aber den Mantel angezogen und mich mit der wasserdichten Gummipelerine zugedeckt. Auch tagsüber ist es schon ziemlich kühl. Ich behalte deshalb den Mantel an.

Die Soldaten an der Nordfront erhielten in den kalten Nächten der letzten Tage Tee mit Rum. So wird zum einen der kühlen Witterung entgegengewirkt, zum anderen dem Auftreten von Ruhr vorgebeugt.

Ich möchte Dir nochmals sagen, daß Du Dich um mich nicht sorgen sollst. Bislang geht es mir gut, ich esse genug, und die Kälte der Nacht halte ich gut aus. Sei nicht verzweifelt um mich. Heute morgen habe ich auf einem Bahnhof gefrühstückt. Was gibt's Neues bei Euch?

Die neueste Meldung unseres Sonderberichterstatters von der Nordfront

Es herrscht schönes Wetter
in der melancholischen polnischen Landschaft und
in der russischen Armee
reift
wie in einer unvorstellbar
riesigen Weintraube
der Entschluß zur Schlacht.

Er ist herangereift
durch die klare, goldene Sonne
und die beispiellos ringende ungarische Armee.
Das Wetter ist
anhaltend trocken und sonnig
sehr günstig für unsere Truppen.
Die Nächte aber sind sehr kühl.

Mir geht es gut. Die nächtliche Kühle macht mir nicht viel aus. Mein Schlaf läßt allerdings viel zu wünschen übrig.

Zu unruhigem Schlaf und Alpträumen trägt auch unregelmäßiger Stuhlgang bei. Sobald das behoben ist, tritt rasch eine entscheidende Verbesserung des Gesundheitszustandes ein. Deshalb wird empfohlen, allmorgendlich vor dem Frühstück ein Glas Franz-Joseph-Bitterwasser zu trinken.

Vielleicht schlafe ich ab heute besser. Verzweifle nicht meinetwegen. Für heute nur so viel. Gott mit Euch!

6. September. In der Schlacht bei Krasnik erhielt auch das 71. k.u.k. Infanterieregiment seine Feuertaufe. Natürlich forderte die Schlacht auch auf unserer Seite Opfer an Toten, Verwundeten und Gefangenen. Gemessen an den militärischen Leistungen des Regiments ist die Zahl der Opfer aber so gering, daß sie kaum als Verluste bezeichnet werden können. Gebet für die Soldaten im Felde, vorzüglicher Kunstdruck, als Schaufensterdekoration oder Zimmerschmuck verwendbar, 50 Filler in Briefmarken, portofrei.

V. *Nachdenken (Das Rätsel)*

Die Pflicht des Chronisten, die Wahrheit zu sagen, verlangt mir unangenehme, beinahe pietätlose Fragen ab.

Als ich klein war, hieß es, Großmutter sei im September 1914 tatsächlich an Bord des Schiffes gegangen und habe mit dem Großvater einige unvergeßliche Tage in Wien verbracht. Abends hätten sie in einer kleinen Gaststätte in der Nähe des Praters gegessen, dann habe Großvater die Großmutter zu Tante Berta begleitet und sei mit der Straßenbahn zur Kaserne in die Vorstadt zurückgekehrt. Einen Tag vor Abmarsch zur Front hätten sie Abschied voneinander genommen, und Großmutter sei dann mit dem Schiff nach Budapest zurückgereist.

Die überlieferten Briefe widersprechen jedoch dieser Version eines tränenselig-glücklichen Abschieds. Der letzte Brief meines Großvaters, in dem er sich mit den Tatsachen abfindet, datiert vom 3. September. Am 4. September frühmorgens mußte Großvater an die galizische Front ausrücken. Und da er die Kaserne schon tags zuvor nicht mehr verlassen durfte, konnte es zu einer kurzen Begegnung, aus der in der späteren Erinnerung ein mehrtägiges Treffen wurde, gar nicht erst kommen. Für unwahrscheinlich halte ich, daß meine Großmutter diese Wiener Begegnung erfunden hat, um die tragische Verspätung vor ihren Verwandten – und später vor ihrer sie mit Fragen bestürmenden Tochter – rechtfertigen zu können. Glaubhafter erscheint mir, daß erfolgte, was mein Großvater schon befürchtet hatte: die liebende Gattin ist in Wien eingetroffen, als er bereits auf dem Weg an die Nordfront war. Die Ursache der Verspätung ahnt man schon: im Herbst 1914 war eine Schiffsreise mit einem zweijährigen Kind sicher kein einfaches Unternehmen. Sicher ist auch, daß meine Großmutter mit der Abreise bis zum Monatsbeginn wartete, um den noch fälligen Lohn des Großvaters bei der Victoria Dampfmühlen AG in Empfang zu nehmen. Rechnen wir noch eine gewisse Bequemlichkeit, Schwerfälligkeit hinzu, so können wir als Erfolg werten, wenn sie sich schon am 2. und nicht erst am 3. auf die Reise begab.

Jedenfalls müssen wir davon ausgehen, daß die Großmutter jenem Abschied keine derart schicksalhafte Bedeutung zugemessen hat wie der Großvater. Ihr Warten war hartnäckiger, disziplinierter und zugleich intensiver als das Warten des Großvaters. Sie interessierte sich nur für seine endgültige Rückkehr, das Traumhafte einer letzten Begegnung widersetzte sich ihrem strengen Realitätsempfinden. Trotz aller scheinbaren Zurückhaltung in seinen Briefen hing mein Großvater mit leidenschaftlichem, zuweilen sogar hysterischem Sehnen an dem Recht dessen, der in den Tod geht, vielleicht aber am Leben bleibt. Er wollte den Augenblick gewinnen, während Großmutter die Zeit besitzen wollte.

Andererseits konnte Großmutter nicht ahnen, was später passieren sollte. In der militärischen Lage kannte sie sich nicht aus, und den jeweiligen Generalstäben wäre es möglicherweise ja schwergefallen, präzise Informationen zu geben. In Galizien änderte sich die Front in diesen Tagen stündlich, der schon geschlagen geglaubte Gegner drang plötzlich weit in das Hinterland der siegreichen Armee ein, und die fieberhaft tätigen Strategen bewegten enorme Menschenmassen, ohne den notwendigen Munitions- und Verpflegungsnachschub organisiert zu haben. Auch das 71. Infanterieregiment wurde von der Militärführung in einem Augenblick der Panik in Marsch gesetzt.

Während ich diese Zeilen schreibe, ertappe ich mich dabei, daß ich diese nie erfolgte Begegnung doch in eine tatsächlich stattgefundene verwandeln möchte. Ich suche Nischen in einer längst vergangenen Zeit, einen barmherzigen Zufall in der gnadenlosen Notwendigkeit, weil ich die Banalität einer vor der Kaserne weinenden Frau so schwer ertrage, weil ich mich nach einer beruhigenden, versöhnlichen Banalität sehne.

Was aber mein Großvater von dieser letzten Begegnung erwartet hat, an der er mit der Hartnäckigkeit eines zum Tode Verurteilten hing – sie konnte ohnehin nicht viel mehr sein als eine leere Geste des Einandergehörens, ein Signal aus einer versunkenen Welt. Hätten sie sich für ein paar Stunden gesehen, wozu hätte die Zeit denn gereicht? Wenn Tante Berta nicht zu prüde gewesen wäre, dann hätte man sie womöglich gebeten, mit dem Kind ein Stündchen spazierenzugehen, und dann hätte die Zeit eben gereicht zu einem hastigen, unruhigen Beischlaf in Tante Bertas Wohnung, umgeben von fremden Möbeln, die Angst im Nacken, daß die Hausfrau, womöglich ohne diesbezügliche Erfahrungen, die Gnadenfrist für die beiden falsch schätzt und zu früh zurückkehrt oder gar übelnimmt, daß die beiden ausgerechnet in ihrer Wohnung ihrem sentimentalen Abschied einen so körperlichen Ausdruck geben wollen. Vielleicht war dies die Absicht meines Großvaters, die dem Geschmack der Großmutter indes nicht entsprochen hätte, und so wagten sie nicht einmal, ihre Wünsche offen auszusprechen. Am Ende wäre ein mehrstündiger Stadtbummel dabei herausgekommen (wobei Tante Berta zu Hause auf das Kind hätte aufpassen sollen), sie hätten sich in eine kleine Gastwirtschaft am Prater gesetzt und Wiener Schnitzel mit Bratkartoffeln bestellt (damit Großvater zum letzten Mal als Kavalier hätte auftreten können), das Gespräch wäre amorph und befangen gewesen, die Zeit wäre qualvoll langsam verstrichen, und sie hätten nicht gewußt, wie sie ihre Gedanken in eine andere Richtung hätten lenken sollen. Dann die Angst vor dem Augenblick des Abschieds, das heftige Herbeisehnen dieses Moments – ach, hätten sie ihn doch schon hinter sich! – das von diesem Wunsch erzeugte Schamgefühl und die Befangenheit, diese Scham sich nicht anmerken zu lassen – und schon zerfällt der gemeinsam gewebte Traum vom Zusammensein in wirre Fäden. Und obwohl ihnen das alles zum ersten Mal geschieht, ist es in der Erinnerung, ihnen selbst unbewußt, schon eingeprägt, unauslöschlich präsent, wie eine über Jahrhunderte angehäufte Erfahrung der Nerven, Zellen und Triebe. Und so ist es besser, eine derartige letzte Begegnung nachträglich zu erfinden, als sie real erlebt zu haben.

Epilog

Lemberg wird aus strategischen Gründen geräumt, da wir ansonsten leicht Gefahr liefen, dort vom Feind umzingelt zu werden. Die Konsequenzen dieser Maßnahme werden wir schon in absehbarer Zeit ermessen können. Wegen Einrückens Fahrrad billig zu verkaufen. *Brief eines ungarischen Soldaten aus der russischen Kriegsgefangenschaft:* Meine liebe Frau, ich bin am 28. August verwundet worden, das linke

Bein ist durchschossen, nicht gefährlich. Ich bin in Rußland, entlassen werde ich erst nach dem Kriege. Wir werden gut behandelt, Adresse haben wir keine, diese Postkarte wird nach Amerika mitgenommen und Dir von dort aus zugeschickt. Gott gebe, daß Du diese Karte erhältst. Dein Dich liebender, treuer Gatte, Karoly Pluhar.

Warum ist es an der Front so ruhig?

Warum ist es an der Front so ruhig? Wir ahnten schon lange, daß dort, wo unsere heldenmütigen Soldaten in einem blutigen Kampfe rangen, der Herz, Nerven, Seele und Muskeln auf die Probe stellte, daß dort, wo die ganze Kraft des allmählich erlahmenden Arms und des müder werdenden Kopfes beansprucht wird, nunmehr eine Pause eintreten müßte.

Abgesehen von der Erholung der Truppe dient diese fast automatisch erfolgte operative Pause der Verstärkung der gelichteten Reihen unserer Soldaten, dem Abtransport von Toten und Verwundeten, dem Munitionsnachschub sowie der Neuordnung des Verpflegungsapparates. Der Kampf an den Fronten Ostgaliziens hört nicht auf. Die Offensive wird von unseren Soldaten unter gewaltigen Opfern und unter Anspannung aller Kräfte Schritt für Schritt vorangetragen.

11. November 1914

Hiermit teile ich Dir mit, daß ich lebe und völlig gesund bin. Du darfst mir nun auch ein wenig schreiben, allerdings nur auf deutsch. Hoffentlich bekomme ich bald Nachricht von Dir, erst dann werde ich beruhigt sein. Meine Adresse: Herr Armin Berliner, Kriegsgefangener, Krasnojarsk, Sibirien.

Wohlgeb. Frau Malvine Berliner
Budapest VI.
Korallengasse 8

Bezugnehmend auf Ihren Antrag auf Bewilligung einer Witwenpension ergeht folgende Mitteilung:

Das Amtsgericht Budapest-Mitte stellt in seinem Beschluß vom 17. November 1924 fest, daß Armin Berliner am 11. September 1914 in Kriegsgefangenschaft geriet. Da über den Verbleib des Verschollenen keinerlei Nachricht vorliegt und er höchstwahrscheinlich nicht mehr am Leben ist, erklärt das Amtsgericht den Obengenannten für tot und setzt seine Todeszeit fest auf 31. Dezember 1920, 12.00 Uhr.

Anmerkungen

1 Endre Ady (1877-1919), ungarischer Dichter, Symbolist. Die Übersetzung des Gedichts stammt von Franz Fühmann.

2 Erzsebet Berliner (1912-1972), die Mutter des Autors.

3 Berta Berliner (1860-1917), Tante des Großvaters des Autors.

4 Arthur Görgey (1818-1916), begabtester Heerführer der ungarischen Revolution von 1848/49, streckte im August 1849 vor der russischen Armee die Waffen und gilt seither in der Tradition Ungarns als Verräter.

Mein Vater
Die nicht existierende Dichtung des Andor Ivor

Deutsche Bearbeitung von Elsbeth Zylla

Aus den fünfziger Jahren

Deutsche Bearbeitung der Anekdoten 17-24
von Thomas Brasch

Wien, September 1964

Deutsche Bearbeitung von Peter-Paul Zahl

Mein Großvater und die Weltgeschichte

Deutsche Bearbeitung von Matthias Fienbork

Die Bearbeitungen folgen der Rohübersetzung
von György Dalos.

Inhalt

suhrkamp taschenbücher
Eine Auswahl

Adorno: Erziehung zur Mündigkeit. st 11
Aitmatow: Dshamilja. st 1579
Alain: Die Pflicht, glücklich zu sein. st 859
Allende: Eva Luna. st 1897
– Das Geisterhaus. st 1676
– Die Geschichten der Eva Luna. st 2193
– Von Liebe und Schatten. st 1735
The Best of H.C. Artmann. st 275
Augustin: Der amerikanische Traum. st 1840
Bachmann: Malina. st 641
Bahlow: Deutsches Namenlexikon. st 65
Ball: Hermann Hesse. st 385
Barnes: Nachtgewächs. st 2195
Barnet: Ein Kubaner in New York. st 1978
Barthes: Fragmente einer Sprache der Liebe. st 1586
Becker, Jürgen: Gedichte. st 690
Becker, Jurek: Bronsteins Kinder. st 1517
– Jakob der Lügner. st 774
Beckett: Endspiel. st 171
– Malone stirbt. st 407
– Molloy. st 229
– Warten auf Godot. st 1
– Watt. st 46
Beig: Hochzeitslose. st 1163
– Rabenkrächzen. Eine Chronik aus Oberschwaben. st 911
Benjamin: Angelus Novus. st 1512
– Illuminationen. st 345
Berkéwicz: Adam. st 1664
Berkéwicz: Josef stirbt. st 1125
– Maria, Maria. st 1809
Bernhard: Alte Meister. st 1553
– Auslöschung. Ein Zerfall. st 1563
– Beton. st 1488
– Claus Peymann kauft sich eine Hose und geht mit mir essen. st 2222
– Gesammelte Gedichte. st 2262
– Holzfällen. st 1523
– Stücke 1-4. st 1524, 1534, 1544, 1554
– Der Untergeher. st 1497
– Verstörung. st 1480
Blackwood: Der Tanz in den Tod. st 848
Blatter: Das blaue Haus. st 2141
– Wassermann. st 1597
Brasch: Der schöne 27. September. st 903
Braun, Volker: Gedichte. st 499
– Hinze-Kunze-Roman. st 1538
Brecht: Dreigroschenroman. st 1846
– Gedichte über die Liebe. st 1001
– Geschichten vom Herrn Keuner. st 16
– Hauspostille. st 2152
Bertolt Brechts Dreigroschenbuch. st 87
Broch: Die Verzauberung. st 350
– Die Schuldlosen. st 209
Buch: Die Hochzeit von Port-au-Prince. st 1260
– Tropische Früchte. st 2231
Burger: Der Schuß auf die Kanzel. st 1823
Cabrera Infante: Drei traurige Tiger. st 1714

265/1/11.93

suhrkamp taschenbücher
Eine Auswahl

Capote: Die Grasharfe. st 1796
Carpentier: Explosion in der Kathedrale. st 370
– Die Harfe und der Schatten. st 1024
Carroll: Schlaf in den Flammen. st 1742
Celan: Gesammelte Werke in fünf Bänden. st 1331/1332
Cioran: Syllogismen der Bitterkeit (1952). st 607
Clarín: Die Präsidentin. st 1390
Cortázar: Bestiarium. st 543
– Die Gewinner. st 1761
– Ein gewisser Lukas. st 1937
– Rayuela. st 1462
Dalos: Die Beschneidung. st 2166
Dorst: Merlin oder Das wüste Land. st 1076
Duerr: Sedna oder die Liebe zum Leben. st 1710
Duras: Hiroshima mon amour. st 112
– Der Liebhaber. st 1629
– Der Matrose von Gibraltar. st 1847
– Sommerregen. st 2284
Eich: Fünfzehn Hörspiele. st 120
Eliade: Auf der Mântuleasa-Straße. st 1826
Elias: Mozart. st 2198
– Über den Prozeß der Zivilisation. Soziogenetische und psychogenetische Untersuchungen. st 2259
Enzensberger: Ach Europa! st 1690
– Gedichte. st 1360
– Mittelmaß und Wahn. st 1800
Enzensberger: Zukunftsmusik. st 2223
Federspiel: Geographie der Lust. st 1895
– Die Liebe ist eine Himmelsmacht. st 1529
Feldenkrais: Abenteuer im Dschungel des Gehirns. st 663
– Bewußtheit durch Bewegung. st 429
– Die Entdeckung des Selbstverständlichen. st 1440
– Das starke Selbst. st 1957
Fleißer: Abenteuer aus dem Englischen Garten. st 925
– Eine Zierde für den Verein. st 294
Frisch: Gesammelte Werke in zeitlicher Folge. 7 Bde. st 1401-1407
– Andorra. st 277
– Homo faber. st 354
– Mein Name sei Gantenbein. st 286
– Montauk. st 700
– Stiller. st 105
– Der Traum des Apothekers von Locarno. st 2170
Fromm / Suzuki / Martino: Zen-Buddhismus und Psychoanalyse. st 37
Fuentes: Nichts als das Leben. st 343
Gandhi: Mein Leben. st 953
García Lorca: Dichtung vom Cante Jondo. st 1007
Goetz: Irre. st 1224
Gulyga: Immanuel Kant. st 1093
Handke: Die Angst des Tormanns beim Elfmeter. st 27

265/2/11.93